EN FUEGO

A DUAL-LANGUAGE SPORTS BOOK—UN LIBRO  **L**

LATINO BASEBALL'S
FINEST FIELDERS

BY MARK STEWART WITH MIKE KENNEDY
SPANISH TEXT BY MANUEL KALMANOVITZ

ESCRITA POR MARK STEWART CON MIKE KENNEDY
TEXTO EN ESPAÑOL POR MANUEL KALMANOVITZ

LOS MÁS DESTACADOS GUANTES
DEL BÉISBOL LATINO

M
THE MILLBROOK PRESS
BROOKFIELD, CONNECTICUT

M

THE MILLBROOK PRESS

Produced by
BITTERSWEET PUBLISHING
John Sammis, President
and
TEAM STEWART, INC.

Producido por
BITTERSWEET PUBLISHING
John Sammis, Presidente
y
TEAM STEWART, INC.

Series Design and
Electronic Page Makeup by
JAFFE ENTERPRISES
Ron Jaffe

Diseño de la serie y montaje
electrónico de las páginas por
JAFFE ENTERPRISES
Ron Jaffe

Researched and Edited by Mike Kennedy

Special thanks to Tomás González

Investigación y edición, Mike Kennedy

Agradecimientos especiales a Tomás González

Printed in Hong Kong

Impreso en Hong Kong

Published by
The Millbrook Press, Inc.
2 Old New Milford Road
Brookfield, Connecticut 06804
www.millbrookpress.com

Library of Congress Cataloging-in-Publication Data

Stewart, Mark.
    Latino baseball's finest fielders = los más destacados guantes del béisbol latino / by Mark
Stewart with Mike Kennedy; Spanish text by Manuel Kalmanovitz.
        p. cm. – (En Fuego)
English text with parallel Spanish translation.
Includes index.
Summary: A history of Latino baseball players in the United States, along with individual
biographies of current star players, concentrating on fielders.
    ISBN 0-7613-2566-2 (lib. bdg.) – ISBN 0-7613-1749-X (pbk.)
    1. Hispanic American baseball players—Biography—Juvenile literature. 2. Baseball
players—Latin America—Biography—Juvenile literature. 3. Fielding (Baseball)—Juvenile
literature. 4. Baseball—United States—History—Juvenile literature. 5. Baseball—Latin
America—History—Juvenile literature. [1. Baseball players—Biography. 2. Hispanic
Americans—Biography. 3. Fielding (Baseball) 4. Baseball—History. 5. Baseball—Latin
America—History. 6. Spanish language materials—Bilingual.] I. Title: Los más destacados
guantes del béisbol latino. II. Kennedy, Mike (Mike William), 1965- III. Title. IV. Series.

GV865.A1 S785 2002
796.357'092'368073—dc21
    [B]   2001055892

1 3 5 7 9 10 8 6 4 2

CONTENTS/CONTENIDO

CHAPTER/CAPÍTULO	PAGE/PÁGINA

INTRODUCCIÓN

LA REVOLUCIÓN

Desde 1871, cuando la liga profesional de béisbol comenzó en los Estados Unidos, hasta 1947, cuando el béisbol organizado por fin abrió sus puertas a personas de todas las razas, menos de cuatro docenas de jugadores latinos habían llegado a las ligas mayores. En el 2001, casi un tercio de los jugadores de primer nivel de las grandes ligas eran latinos. Es una "revolución" que ha cambiado el sabor, la forma y el sentimiento del juego, y que además ha transformado la cultura y economía de muchas naciones de habla castellana.

Las raíces de la revolución comenzaron en el siglo XIX. En los años que siguieron a la guerra civil estadounidense, la fiebre del béisbol llegó a todas las esquinas del país, convirtiéndolo en un deporte disfrutado por toda clase de personas. Entre los amantes del béisbol había marineros que organizaban partidas para ejercitarse cada vez que llegaban a puerto. La isla de Cuba, a menos de 100 millas (160 kilómetros) de la costa de la Florida, era una parada corriente para los marinos mercantes porque los Estados Unidos compraba allí buena parte de su azúcar.

Es probable que en sus viajes por azúcar los marineros jugaran partidas de béisbol tras cargar sus embarcaciones. No hay duda de que los cubanos que vivían y trabajaban cerca a los muelles encontraron muy interesantes el juego y los estadounidenses. En la primavera de 1866, marineros de un barco estadounidense anclado en la bahía de La Habana retaron a un grupo de trabajadores portuarios cubanos a un juego. Dos años más tarde el béisbol se había hecho tan popular en Cuba, especialmente entre caballeros educados, que se organizó un partido entre un club de La Habana y uno de Matanzas. Jugaban para La Habana Esteban Bellán y Emilio Sabourin. Bellán se convirtió en el primer latino en llegar al béisbol profesional en los Estados Unidos. Jugó en el diamante para los Haymakers de Troy y los Mutuals de Nueva York entre 1971 y 1973 bajo el nombre de "Steve" (la traducción al inglés de Esteban). Sabourin pasó el resto de su vida promoviendo el juego en Cuba y es considerado como el "padre" del béisbol latino.

El primer jugador latino en lograr un impacto en las mayores fue el jardinero cubano Armando Marsans, quien fue descubierto en los Estados Unidos por un equipo itinerante afroamericano llamado los Cuban Stars. En 1911 firmó un contrato con los Reds de Cincinnati. Marsans no era el mejor jugador de los Stars, pero posiblemente fuera el "más blanco". En otras palabras, el color de su piel no era lo suficientemente oscuro como para ser considerado negro, lo que era un punto importante en 1911, cuando la regla implícita que impedía jugar a atletas no blancos era cumplida rigurosamente.

Marsans era un especialista defensivo que corría entre las bases con abandono. Estuvo en las mayores durante ocho temporadas y se convirtió en un gran héroe en La Habana. Marsans también despertó interés en buscar talentos latinos. El primer hallazgo de estos cazatalentos fue Adolfo Luque, un excelente atleta integral que lanzó en las mayores durante 20 años. En la misma época en que Luque firmó, había un lanzador aún mejor en Cuba. Su nombre era José Méndez pero el hecho de tener la piel oscura le impidió lanzar en las mayores.

La barrera de color levantada en el béisbol a finales del siglo XIX estaba dirigida especialmente a afroamericanos. En esa época nadie pensó que los latinos—que vienen en todos los tonos de blanco, negro y café— algún día serían tan buenos como para poner en riesgo los trabajos de los blancos en las ligas mayores. Y como la regla no estaba escrita, nadie tenía una definición acerca de lo que constituía ser "demasiado negro". Aún si un jugador latino era considerado "lo suficientemente blanco" también

ARMANDO MARSANS
R. F.—Cincinnati Reds
111

ARRIBA: *Armando Marsans fue el primer latino en tener su propia tarjeta de béisbol.*
DERECHA: *Los Braves de Boston esperan el bus en un hotel de La Habana. Seguidores blancos del béisbol en los años 30 y 40 no sabían cuánto talento había en los países hispanohablantes, pero los jugadores de las ligas mayores sí.*

THE REVOLUTION

From 1871, when the first professional baseball league started in the United States, to 1947, when organized baseball finally opened its doors to people of all races, less than four dozen Latino players made it to the major leagues. In 2001, slightly less than a third of all "first-string" players in the big leagues were Latinos. It is a "revolution" that has changed the look and the feel and the flavor of baseball. It also has altered the culture and economy in many Spanish-speaking nations.

The roots of the revolution began in the 1800s. In the years following the American Civil War, baseball fever spread to every corner of the U.S. and was enjoyed by all kinds of people. Among these baseball lovers were sailors, who played the game to get exercise whenever they reached dry land. The island of Cuba, which lies less than 100 miles (160 kilometers) off the Florida coast, was a regular stop for merchant seamen. The country supplied America with much of its sugar.

On their sugar runs to Cuba, sailors probably played baseball after loading their boats. Cubans who lived and worked near the docks no doubt found the Americans and their game very interesting. In the spring of 1866, sailors from an American ship docked in Havana harbor challenged a group of Cuban dockworkers to a game. Two years later, baseball had become popular enough in Cuba, especially among young educated gentlemen, so that a match was arranged between a club from Havana and a club from Matanzas. Playing for Havana were Esteban Bellan and Emilio Sabourin. Bellan became the first Latino to play professionally in the U.S. Under the name of "Steve" (the Spanish translation of Esteban), he played the infield for the Troy Haymakers and New York Mutuals from 1871 to 1873. Sabourin spent the rest of his life promoting the game in Cuba, and is regarded as the "father" of Latino baseball.

The first Latino player to make an impact in the majors was Cuban outfielder Armando Marsans. He was discovered playing in the U.S. for a Negro League barnstorming team called the Cuban Stars. The Cincinnati Reds signed him in 1911. Marsans was not the best player on the Stars, but he may have been the "whitest." In other words, his skin color was not so dark that he might be considered black. This was an important point in 1911, as the unwritten rule barring nonwhites from playing was strictly enforced.

Marsans was a defensive specialist who ran the bases with abandon. He lasted in the majors for eight seasons and was a huge hero back in Havana. Marsans also sparked interest in the scouting of Latino players. The

RIGHT: *The Boston Braves wait for their bus outside a Havana hotel. White fans in the 1930s and 1940s had no idea how much baseball talent there was in Spanish-speaking countries, but white major leaguers knew.*
LEFT: *Armando Marsans was the first Latino to have his own baseball card.*

podía ser rechazado si tenía rasgos "africanos". Aunque muchos jugadores latinos de piel clara jugaron en las mayores en los años 20 y 30, los mejores jugadores trabajaban duro por un bajo salario en equipos de "color", como los Elite Giants de Baltimore o los Yankees Negros de Nueva York. Tal estupidez finalmente terminó cuando Jackie Robinson hizo su debut en las ligas mayores de 1947.

En los años de posguerra, el béisbol latino floreció. Una vez superada la cuestión del color de la piel, los equipos podían firmar a quien quisieran. Sistemas de siembra empezaron a dar como resultado un fluir constante de talento de países hispanohablantes. Sin embargo sólo unos pocos de estos jugadores llegaron a las mayores. Las barreras de lenguaje y cultura seguían en pie, y como casi no había latinos instructores o en cargos administrativos, la mayoría de los jóvenes prospectos nunca llegaban a desarrollar por completo sus capacidades. Esta situación continuó durante 25 años y sólo hasta los años 70 las organizaciones comenzaron a esforzarse en cubrir las necesidades especiales de los jóvenes latinos que luchaban por triunfar en las menores.

ARRIBA Y ABAJO: *Botones conmemorativos son unas de las pocas reliquias que quedan de los equipos de la Negro League donde jugaron estrellas latinas de piel oscura.* **DERECHA:** *Adolfo Luque jugó bajo el nombre de "Doll" durante sus 20 años en las mayores.*

En las dos últimas décadas, los equipos han refinado su caza de talentos latinos. Casi todos los equipos tienen una "academia" o un punto de entrenamiento en alguna parte del Caribe, y los buenos prospectos casi nunca pasan desapercibidos. Esta reserva de talento se ha hecho tan importante para los equipos de las mayores que resulta dudoso que pudieran seguir funcionando sin ella. Con los costos disparados de mantener una operación de béisbol, lo único "barato" en estos días en el béisbol es el talento joven latino. Como en la actualidad los equipos deben pagar altísimos bonos al firmar a los mejores jugadores de secundaria o a quienes surgen de los sorteos de talento de las universidades, no tienen más alternativa que "rellenar" las alineaciones de sus ligas menores con jugadores más baratos. Cuando un muchacho de 16 o 17 años de, digamos, la República Dominicana puede ser contratado por unos pocos miles de dólares, ¿por qué razón habrían los equipos de mirar a otra parte?

Los equipos defienden sus acciones argumentando que este sistema le da la oportunidad a más jugadores latinos de llegar a las grandes ligas. Aparentemente esto es cierto. Pero una vez llegan a las menores, estos adolescentes se dan cuenta que sólo son usados como "relleno": se necesitan nueve jugadores en defensa por equipo y a menudo están allí sólo por esa razón. La mayoría juega una o dos temporadas y luego son remplazados; a menudo se quedan en los Estados Unidos ilegalmente y no vuelven a casa—otro problema que mencionan los críticos de la organización del béisbol. Por supuesto, cuando un equipo de las mayores ficha un prospecto latino y lo envía a las menores, espera que se convierta en una estrella. Las probabilidades están en su contra, pero sucede lo suficientemente a menudo como para que los cazatalentos sigan fichando muchachos y para que los muchachos sigan teniendo esperanzas de ser fichados.

El próximo paso en la revolución puede ser alguna forma de sorteo de talento latino. Por el momento cazatalentos recorren el Caribe compitiendo por jugadores en un salvaje 'todos contra todos'. Saben cómo "esconder" un descubrimiento hasta que firme un contrato y cómo aprovecharse de los padres de un muchacho, especialmente si son pobres o no tienen una educación formal. Eventualmente algún orden deberá imponerse. Cuando esto suceda, puede ser que las reglas cambien pero el juego—y los sueños de los muchachos que participan en él—seguirá siendo el mismo. Ya sea que un muchacho atrape su primer bateo con un guante reluciente o con un envase de leche pegado con cinta, llegar a *las ligas mayores* siempre será un gran honor y un logro máximo.

first real find for these scouts was Adolfo Luque, a terrific all-around athlete who pitched in the majors for 20 years. At the time Luque was signed, there was an even better pitcher in Cuba named Jose Mendez. Because Mendez was dark-skinned, he was not allowed to play in the big leagues.

When baseball erected its color barrier in the late 1800s, it was aimed specifically at African Americans. It never occurred to anyone at the time that Latinos—who came in all shades of white, black, and brown—would one day be good enough to take jobs away from white major-leaguers. And because the rule was unwritten, no one had any defini-tion of what "too black" was. Even if a Latino player was considered "white enough" he still might be rejected if he had "African" features. Although many light-skinned Latinos played in the majors during the 1920s and 1930s, the best players toiled for low wages with "colored" teams, such as the Baltimore Elite Giants and New York Black Yankees. The stupidity finally ended when Jackie Robinson made his major-league debut in 1947.

In the postwar years, Latino baseball blossomed. With skin color no longer an issue, teams could sign whomever they liked. Farm systems started to see a steady flow of tal-ent from Spanish-speaking countries. However, only a hand-ful of these players worked their way to the majors. The barriers of language and culture still existed, and with almost no Latinos in executive or coaching positions, most young prospects failed to fully develop their skills. This situation existed for 25 years; not until the 1970s did organizations make an effort to address the special needs of young Latinos as they struggled to succeed in the minors.

"DOLF" LUQUE

Above: *Adolfo Luque went by the name "Dolf" during his 20-year career in the majors.*
Left: *Souvenir buttons are among the few relics that remain from the Negro League teams that were home to dark-skinned Latino stars.*

Over the last two decades, teams have become more sophisticated in the scouting and signing of Latino players. Almost every club has an "academy" or workout facility somewhere in the Caribbean, and good prospects rarely go unnoticed. So vital has this talent pool become to major-league teams that it is doubtful they could function without it. With the costs of running a baseball organization skyrocketing, the only "cheap" thing in baseball these days is young Latino talent. Because teams must now pay big signing bonuses to American high-school and college draft picks, they have no choice but to fill out their minor-league rosters with inexpensive players. When a 16- or 17-year-old from, say, the Dominican Republic can be signed for a few thousand dollars, why would teams look anywhere else?

Baseball defends its actions by saying that this system gives more Latino players a chance to make it to the big leagues. On the surface, this is true. But once they arrive in the minors, these teenagers realize that they are just "warm bodies." You need nine players to field a team, and often they are there for that reason alone. Most play a season or two and then get cut; often they stay in the United States illegally rather than returning home—another problem for which organized baseball has been criticized. Of course, when a major-league team signs a Latino prospect and sends him to the minors, the hope is that he will blossom into a star. The odds are against it, but it happens often enough so that the scouts keep signing boys, and boys keep hoping to get signed.

The next step in the revolution may be some sort of Latino draft. Right now, scouts crisscross the Caribbean competing for talent in a wild free-for-all. They know how to "hide" a discovery until he is signed, and they know how to take advantage of a boy's parents, especially if they are poor or unedu-cated. Eventually, some order will have to be imposed. If and when that happens, the rules may change, but the game—and the dreams of the boys who play it—will remain the same. Whether a kid fields his first grounder with a brand-new glove or a taped-together milk carton, making it to *las ligas mayores* will always be the ultimate honor and achievement.

Defender con estilo es una tradición esta-blecida hace tiempo en el béisbol latino. Como en los países de habla hispana el juego nunca fue una cuestión de "potencia", los especialistas defensivos recibían tanta atención como lanzadores y bateadores.

A comienzos de este siglo era común en los países del Caribe que los seguidores asistieran a los juegos a ver un shortstop de mano segura o un jardinero con brazo de rifle. Cuando se hacía un gran lanzamiento o se atrapaba la pelota en un clavado, la gente hablaba de ello durante días. Muchos jugadores se dieron cuenta que podían llegar al corazón de los seguidores con su desempeño defensivo así que trataron de añadir toques particulares a su juego, sobre todo en jugadas de rutina. Con los años esto llegó a ser aceptado como parte del juego latino.

En los Estados Unidos esta clase de "exhibicionismo" no se veía con buenos ojos, sobre todo en el béisbol organiza-do—que durante los años 20, 30 y 40 era sinónimo de béis-bol "blanco", donde sólo podían jugar unos pocos latinos de piel clara. Sin embargo, en las Ligas Negras, donde jugaron la mayoría de las estrellas de habla hispana de la época, sí se incentivaban las defensas vistosas. En los años 20, el jardinero central cubano Alejandro Oms emocionó al público esta-dounidense al atrapar englobados tras su espalda y se convir-tió en el primero de muchos jugadores defensivos inolvidables originarios de esta región.

El primer jugador de grandes ligas de habla hispana en resaltar por su guante fue el cubano Mike González. Fue el receptor durante más de 1,000 juegos entre 1912 y 1932, y años después se convirtió en un instructor y directivo muy apreciado. Otro receptor, Al López, sigue siendo considerado como uno de los mejores jugadores defensivos de todos los tiempos. Nacido en la Florida de padres cubanos, el miembro del Salón de la Fama estuvo en casi 2,000 partidos entre 1928 y 1947, y llegó dos veces al equipo de las estrellas de la Liga Nacional.

Durante los años 30 surgieron algunos defensores de piel oscura que jugaban en sus países de origen y en las Ligas Negras. El mejor, con mucho, fue el cubano Martín Dihigo, quien es considerado por expertos como el mejor jugador latino de la historia. En los años 20, 30 y 40 fue el titular en todas las posiciones del diamante, en todas las posiciones de los jardines y además era un muy buen pitcher. Tenía movimientos rápidos, buena velocidad y anticipación, y el brazo fuerte como un cañón.

En los años 40, el béisbol comenzó a tomar en cuenta a los shortstops latinos. El mejor puede haber sido el dominicano Horacio Martínez, un titular del equipo Cubans de Nueva York en las Ligas Negras. Lo llamaban el "shortstop perfecto" con razón: era un defensor pulido y sin tacha, con un buen alcance y un brazo fuerte y preciso. En 1949, los Dodgers de Brooklyn firmaron al venezolano Alfonso "Chico" Carrasquel, pero lo cambiaron a los White Sox cuando se dieron cuenta que apenas hablaba inglés. Su juego estelar le abrió el camino a otro venezolano, Luis Aparicio, quien remplazó a Carrasquel en los White Sox y los llevó a un título en 1959.

DAN·DEE AL LOPEZ

ARRIBA: Al López se hizo famoso por su guante y más tarde se convirtió en un exitoso directivo con los Indians y White Sox.
ABAJO: El pequeño Luis Aparicio fue un gran éxito con los jóvenes seguidores de Chicago. Su trabajo en el campo y la forma de correr entre las bases contribuyeron a que los White Sox ganaran un título de división en 1959.
DERECHA: Chico Carrasquel, el primer gran shortstop latino en llegar a las mayores, sigue siendo codiciado por los coleccionistas de tarjetas de béisbol.

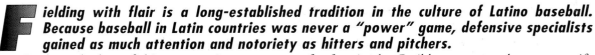
Fielding with flair is a long-established tradition in the culture of Latino baseball. Because baseball in Latin countries was never a "power" game, defensive specialists gained as much attention and notoriety as hitters and pitchers.

In the early days of this century, it was common for fans in the Caribbean to attend games specifically to watch a sure-handed shortstop or rifle-armed outfielder. When a great throw or diving catch was made, people talked about it for days. Realizing they could win the hearts of fans with their fielding, many players tried adding stylish touches to their games, especially on routine plays. Over the years, this became an accepted part of the Latino game.

In the United States, this type of "showboating" was frowned upon, particularly in organized baseball. However, during the 1920s, 1930s, and 1940s, "organized" baseball meant "white" baseball. Because of the color barrier, only light-skinned Latinos were allowed to play. In the Negro Leagues, where most of the first Spanish-speaking stars performed, fancy fielding was *encouraged*. During the 1920s, Cuban-born centerfielder Alejandro Oms thrilled U.S. crowds by catching fly balls behind his back during games. He was the first of many unforgettable defensive players to come from this region.

The first Spanish-speaking big leaguer to make an impression with his glove was Cuba's Mike Gonzalez. He caught more than 1,000 games from 1912 to 1932, and became a highly regarded coach and manager in later years. Another catcher, Al Lopez, is still considered one of the best defensive players ever. Born in Florida to Cuban parents, the Hall of Famer caught nearly 2,000 games from 1928 to 1947, and was twice named to the National League All-Star team.

The 1930s saw a number of dark-skinned defensive stars who played in their home countries and also in the Negro Leagues. The best by far was Cuba's Martin Dihigo, who is considered by many to be the greatest Latino player ever. During the 1920s, 1930s, and 1940s he starred at every infield position, every outfield position, and was a very good pitcher, too. He had quick moves, good speed and anticipation, and a cannon for an arm.

In the 1940s, baseball began taking notice of Latino shortstops. The finest may have been Dominican Horacio Martinez, who starred for the New York Cubans of the Negro Leagues. He was nicknamed the "Perfect Shortstop" for good reason: Martinez was a smooth and flawless fielder with good range and a strong, accurate arm. In 1949, the Brooklyn Dodgers signed Venezuela's Alfonso "Chico" Carrasquel, but traded him to the White Sox when they discovered he barely spoke English. His All-Star play paved the way for another Venezuelan, Luis Aparicio, who replaced Carrasquel on the White Sox and led them to a pennant in 1959.

During the 1950s, Latino major-leaguers were also being hailed for their exciting defensive skills in the outfield. Cuban star Minnie Minoso was the flashiest outfielder anyone had ever seen, and Puerto Rico's Roberto Clemente played rightfield with the power and grace of a ballet dancer. In the seventh game of the 1955 World Series, Sandy Amoros made a spectacular catch to save the day for the Dodgers. The Cuban outfielder is still worshiped in Brooklyn for this bit of defensive magic.

AMERICAN LEAGUE PLAYER #23

"CHICO" CARRASQUEL
SHORTSTOP
CHICAGO WHITE SOX
Born: Caracas, Venezuela, 1-23-28
Height: 6 Ft.   Weight: 170
Bats: Right   Throws: Right
Chico is one of the snappiest fielders in baseball, and he's also a dangerous man with a bat. He was in 155 games for the White Sox in 1954 and he hit .255. He had 158 hits which went for 228 total bases and included 12 homers. He had 62 RBI. Holds a record for consecutive errorless chances at shortstop.

LEFT TOP: *Al Lopez made a name for himself with his glove, and then became a successful manager with the Indians and White Sox.*
LEFT BOTTOM: *Little Luis Aparicio was a big hit with the young fans of Chicago. His fielding and baserunning brought a pennant to the White Sox in 1959.*
RIGHT: *Chico Carrasquel, the first great Latino shortstop to reach the major leagues, is still a hit with baseball-card collectors.*

LOS PIONEROS

Vic Power

ARRIBA: Vic Power, originalmente llamado Víctor Pellot, cambió la forma en que jugaban los primera base en los años 50.

ABAJO: Dave Concepción fue el primero en dominar la grama artificial, terreno que se ve claramente al fondo de su tarjeta de béisbol de 1972.

DERECHA: El acróbata Ozzie Guillén siguió las huellas de otros grandes shortstops venezolanos.

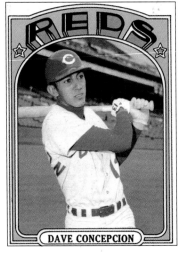

DAVE CONCEPCION

Durante los años 50, los latinos de las ligas mayores también eran apreciados por sus emocionantes capacidades defensivas en el jardín. La estrella cubana Minnie Minoso fue el jardinero más vistoso que jamás se haya visto y el puertorriqueño Roberto Clemente jugó en el jardín derecho con la potencia y gracia de un bailarín de ballet. En el séptimo juego de la Serie Mundial de 1955, Sandy Amorós logró una atrapada espectacular para salvar el día para los Dodgers. El jardinero cubano sigue siendo adorado en Brooklyn por ese momento de magia defensiva.

La tradición defensiva latina avanzó notablemente en los años 50 tras la llegada del primer base boricua Vic Power. En una época cuando el jugador de primera base atrapaba todo con dos manos, Power lo hacía con una sola y con un movimiento dramático y fluido. Donde jugaba, los chicos comenzaban a imitarlo y cuando llegó el momento de retirarse la posición se había transformado por completo.

El riachuelo de especialistas defensivos hispanohablantes se hizo un torrente en los años 60. El mejor desempeño con un guante estaba en las manos de los shortstops cubanos Zoilo Versalles y Leo Cárdenas, y el jardinero venezolano Vic Davalillo. A comienzo de los años 60, el cubano Tony Taylor y el shortstop mexicano Rubén Amaro conformaron una de las mejores combinaciones de doble play de la liga para el equipo de los Phillies. En los años 70, César Gerónimo y César Cedeño (ambos dominicanos), y Sixto Lezcano y Juan Beníquez (puertorriqueños) eran considerados entre los mejores jardineros defensivos del juego. Pero fue un primera base, Willie Montañez, quien verdaderamente convirtió su desempeño en un espectáculo. La estrella puertorriqueña era llamativa y aventurera—un verdadero "hot dog"—y los aficionados lo adoraban.

El jugador defensivo más significativo de esta era fue Dave Concepción para los Reds. De niño idolatraba a sus compatriotas venezolanos Carrasquel y Aparicio, y a su vez se convirtió en el ídolo de prácticamente todos los jugadores venezolanos que juegan hoy en las mayores. Concepción era diferente a los demás shortstops porque era creativo y consistente a la vez. Hacía jugadas de rutina, pero también conseguía las difíciles. E inventó nuevas formas de hacer llegar la pelota a primera, como haciendo rebotar sus lanzamientos en la grama sintética cuando perdía el equilibrio. Los descubrimientos de Concepción expandieron considerablemente el repertorio de su posición y, en muchas formas, es el responsable de las jugadas sorprendentes que los aficionados ven casi todos los días en los shortstops del presente.

En los años 80 comenzó a formarse la ola actual de versátiles jugadores de cuadro latinos. Encabezados por la leyenda dominicana Tony Fernández, también incluía a los dominicanos Alfredo Griffin, Julio Franco y Mariano Duncan, junto a los venezolanos Ozzie Guillén y el puertorriqueño José Lind. La posición de receptor también cambió gracias al estilo particular del dominicano Tony Peña.

Hoy, las estrellas de defensa latinas hacen parte de casi todas las plantillas de las ligas mayores. Son el episodio más reciente de una larga tradición que se ha extendido más allá de las fronteras de la cultura hispana. La gracia y estilo que sus predecesores trajeron al campo se pueden ver en todas las dimensiones del juego en la actualidad. De hecho, defender con estilo ha dejado de ser "cosa hispana" para convertirse en cosa del béisbol.

THE PIONEERS

The Latino fielding tradition took a great leap forward in the 1950s with the arrival of Puerto Rican first baseman Vic Power. At a time when first basemen caught everything two-handed, Power took throws one-handed, and did so with a dramatic sweeping motion. Wherever he played, kids started copying him, and by the time he retired, the position was completely transformed.

The stream of Spanish-speaking defensive specialists grew into a torrent in the 1960s. The best glove work was turned in by Cuban shortstops Zoilo Versalles and Leo Cardenas, and Venezuelan outfielder Vic Davalillo. In the early 1960s, Cuba's Tony Taylor and Mexican shortstop Ruben Amaro formed one of the league's best double-play combinations for the Phillies. In the 1970s, Cesar Geronimo and Cesar Cedeno (both Dominicans) and Sixto Lezcano and Juan Beniquez (both Puerto Ricans) ranked among the game's top defensive outfielders. But it was first baseman Willie Montanez who truly made a show of his fielding. The Puerto Rican star was flamboyant and adventurous—a real "hot dog"—and the fans adored him.

The most significant defensive player of this era was Dave Concepcion of the Reds. He idolized fellow Venezuelans Carrasquel and Aparicio as a boy, and in turn became the idol of practically every Venezuelan player in the majors today. Concepcion was different from other shortstops in that he was both consistent and creative. He made the routine plays, but also made the tough ones. And he invented new ways of getting the ball to first base, like bouncing his throws on synthetic turf when he was off-balance. Concepcion's discoveries greatly expanded the defensive repertoire of his position, and he is responsible in many ways for the amazing plays fans now see shortstops make almost every day.

In the 1980s, the current wave of multitalented Latino infielders really began to build. Led by Dominican legend Tony Fernandez, it also included Dominicans Alfredo Griffin, Julio Franco, and Mariano Duncan, as well as Venezuela's Ozzie Guillen and Puerto Rico's Jose Lind. The position of catcher also changed, thanks to the unique style of Dominican Tony Pena.

Today, Latino defensive stars populate virtually every major-league roster. They are the newest part of a long tradition that has spread beyond the borders of Hispanic culture. The grace and style their predecessors brought to the field can be seen throughout the game now. Indeed, fielding with flair is no longer a "Spanish thing." It's a baseball thing.

LEFT TOP: Vic Power, born Victor Pellot, changed the way first base was played in the 1950s.
LEFT BOTTOM: The artificial turf that Dave Concepcion was the first to master is clearly visible in the background of his 1972 baseball card.
RIGHT: Acrobatic Ozzie Guillen followed in the footsteps of other great Venezuelan shortstops.

"Necesitamos lo que él nos da cada día".

— ROBIN VENTURA, COMPAÑERO DE EQUIPO

La capacidad de jugar como shortstop es lo que permite a muchos latinos llegar a las ligas mayores, pero fue la habilidad de jugar en segunda lo que convirtió en estrella a Edgardo Alfonzo. Es curioso que así hayan resultado las cosas porque desde que era un pequeño, Edgardo estaba seguro de que sería un shortstop.

Edgardo, que creció en un pequeño pueblo agrícola a dos horas de la ciudad de Caracas, en Venezuela, tuvo una ventaja que otros muchachos no tenían: su hermano mayor, Édgar, era el mejor beisbolista de la región. Le contó su secreto a Edgardo: Respetar el juego. Jugar duro y con inteligencia, todos los días y en todas las jugadas.

A los nueve años, Edgardo era el shortstop en uno de los equipos nacionales juveniles de Venezuela. A los 16 era un prospecto de profesional y aunque los Dodgers de Los Ángeles querían firmar un contrato con él, se asustaron al ver que tenía una rodilla resentida. Para el próximo reclutamiento su rodilla estaba bien y firmó con los Mets de Nueva York en 1991.

ARRIBA: Edgardo se zambulle por una pelota en sus días de tercera base con los Mets.
DERECHA: Edgardo llegó a la carátula de BASEBALL DIGEST por su gran temporada del 2000.

Edgardo comenzó a jugar en las menores a los 17 años, pero se desempeñaba como un jugador mucho mayor. Era fácil de entrenar y entendía sin problema las "pequeñas cosas" que hacen de un buen jugador uno excelente. Conectó .331 en su primera temporada y encabezó la Liga NY-Penn con un promedio de .356 durante su segunda. En 1993, el tronco de Edgardo comenzó a desarrollarse y agregó la capacidad de conectar jonrones a las habilidades que ya tenía.

En medio de la temporada de 1994, los Mets debían tomar una decisión. "Fonzie" tenía todas las herramientas para convertirse en un buen shortstop de las mayores. Sin embargo tenían otro jugador, Rey Ordóñez, que creaba jugadas como shortstop que nadie había visto antes. Alguien tenía que cambiarse de lugar y el equipo le informó a Edgardo que debía comenzar a jugar en segunda base.

Puede que esto parezca un cambio sencillo, pero no lo es. Muchos shortstops jóvenes fracasan en segunda porque la posición requiere manos rápidas, pies precisos y la dureza de un jugador de fútbol americano para conseguir los doble plays. Pues bien, ¡eso describía a Edgardo perfectamente!

Edgardo hizo la transición con facilidad y llegó a los Mets la siguiente primavera como un jugador de diamante de remplazo. Incluso aprendió a jugar en una nueva posición, tercera base. De hecho, allí jugó las próximas tres temporadas, después que los Mets adquirieran en un trueque al veterano segunda base Carlos Baerga. En 1999 por fin Edgardo llegó a jugar en segunda base. Con Ordóñez como shortstop; Robin Ventura, ganador de Guante de Oro, en tercera y el refinado John Olerud en primera, los Mets tenían uno de los mejores cuadros en la historia del béisbol.

¿SABÍA USTED?

Edgardo tiene malas rachas como cualquier otro jugador, pero se libera de ellas como nadie. Luego de una sequía de hits en 1999, llamó a su hermano para pedirle consejo y luego lo aplicó contra los Astros. ¡"Fonzie" consiguió 6 de 6, con tres jonrones y seis carreras anotadas!

Edgardo se convirtió en un verdadero jugador completo en 1999. Fue el mejor segunda base en la Liga Nacional en bateo y defensa, y los aficionados de los Mets se enfurecieron cuando no recibió un Guante de Oro. Pero Edgardo no se descorazonó, para él ganar es mucho más importante que los logros personales—por esa razón la temporada del 2000, cuando los Mets ganaron el título, sigue siendo su favorita.

Por esa misma razón él lanzará, será el receptor o incluso manejará el autobús del equipo—si eso es lo que requieren los Mets para ser mejores. Edgardo no sólo es un jugador completo, también es un gran jugador de equipo.

"We have to have what he gives us every day."

— TEAMMATE ROBIN VENTURA

The ability to play shortstop is what gets many Latinos to the major leagues. The ability to play second base is what made Edgardo Alfonzo a star. It is funny how things turned out that way, for ever since he was a little boy, Edgardo was certain he would be a shortstop.

Edgardo, who grew up in a farm town two hours outside the city of Caracas, Venezuela, had an advantage other boys did not. His older brother, Edgar, was already the best baseball player in the area. He told Edgardo his secret: Respect the game. Play hard and play smart, on every day and on every play.

By the age of 9, Edgardo was playing shortstop for one of Venezuela's national junior teams. By the age of 16, he was a pro prospect. The Los Angeles Dodgers wanted to sign him, but were scared off when they saw he had a sore knee. Edgardo's knee was fine for his next tryout, and he was signed by the New York Mets in 1991.

Edgardo began playing in the minors at 17, but he performed like a much older player. He was easy to coach, and had an excellent grasp of the "little things" that make a good player a great one. He hit .331 in his first season and led the NY–Penn League with a .356 average in his second. In 1993, Edgardo's upper body began to develop, and he added home-run power to his all-around game.

> ## DID YOU KNOW?
>
> *Edgardo falls into slumps like any other player, but breaks out of them like no one else. After one hitting drought in 1999, he called his brother for some advice and then put it to work against the Astros. "Fonzie" went 6-for-6, with three home runs and six runs scored!*

Midway through the 1994 season, the Mets had a decision to make. "Fonzie" had all the tools to become a good major-league shortstop. However, they had another player, Rey Ordóñez, who made plays at shortstop that no one had ever seen before. Someone would have to move. The team told Edgardo he would have to start playing second base.

This may seem like an easy switch, but it is not. Many young shortstops fail at second because the position requires quick hands, precise footwork, and the toughness of a football player to turn a double play. Well, that was Edgardo all the way!

Edgardo made the transition easily, and then made the Mets the following spring as a utility infielder. He even learned a new position, third base. In fact, that is where Edgardo stayed for the next three seasons, after the Mets traded for veteran second baseman Carlos Baerga. In 1999, Edgardo finally got to play second base. With Ordóñez at shortstop, Gold Glove winner Robin Ventura at third base, and slick-fielding John Olerud at first base, the Mets had one of the greatest defensive infields in baseball history.

Edgardo blossomed into a truly complete player in 1999. He led all National League second basemen in hitting and fielding, and Mets fans were outraged when he was not awarded a Gold Glove. Edgardo did not care. Winning is far more important to him than personal glory, which is why the Mets' pennant-winning 2000 season remains his favorite.

It is also why he will pitch, catch, or even drive the team bus—if that is what it takes to make the Mets better. Edgardo is not just a great all-around player. He is a great team player, too.

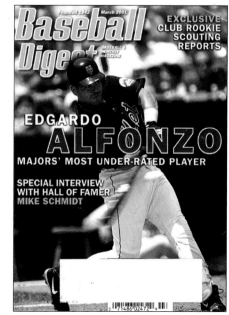

LEFT: *Edgardo dives for a ball in his days as a third baseman for the Mets.*
RIGHT: *Edgardo made the cover of* BASEBALL DIGEST *with his great 2000 season.*

N.L. FIELDING CHAMPION — 1999

ROBERTO ALOMAR — CON FACILIDAD

"Lo que me gusta es jugar béisbol".

— ROBERTO ALOMAR

Uno de los logros más difíciles del béisbol es hacer que una gran jugada parezca fácil. Roberto Alomar es tan pulido en el campo que a veces ha recibido acusaciones de que no lucha lo suficiente, pero no hay nada más falso que eso.

En la casa de Alomar, el béisbol siempre ha sido una cuestión de familia. El padre de Roberto, Santos (o "Sandy"), fue un segunda base All-Star que jugó en seis equipos durante su carrera de 15 años. Su hermano mayor, Sandy, Jr., fue uno de los mejores jugadores jóvenes de la ciudad de Ponce, Puerto Rico, donde crecieron. Su madre, María, también era una experta en béisbol y cuando papá no se encontraba en casa por estar jugando, no tenían problema en pedirle consejo a ella.

Roberto creció con un guante de béisbol bajo la almohada y fotografías de las más grandes estrellas del béisbol pegadas en su pared. Iba con Sandy a sus entrenamientos de las ligas infantiles y, aunque apenas tenía seis años, fue invitado para unirse al equipo de chicos mayores. Era más pequeño y rápido que su hermano, que jugaba de receptor y con el tiempo se convirtió en un jugador de cuadro, como su padre.

A comienzo de los años 80, tanto su hermano como su padre se habían hecho parte de la organización de los Padres de San Diego y cuando llegó el momento de firmar su primer contrato, Roberto, de 17 años, sabía exactamente con qué equipo quería jugar.

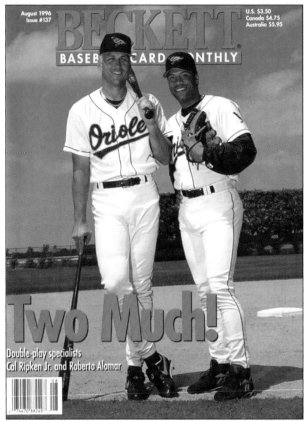

ARRIBA: *Roberto fue noticia de primera página al unir esfuerzos con Cal Ripken en 1996.*
DERECHA: *No hay nadie más suave que Roberto para conseguir un doble play.*

Su primer año en las menores fue fantástico. Roberto y Sandy jugaron para Charleston en la Clase A de la Liga Sur Atlántica. Dos años después volvieron a ser compañeros de equipo, pero esta vez con el equipo doble A de Wichita.

La siguiente temporada, 1988, Roberto fue promovido a los Padres en abril. Anotó un hit frente a Nolan Ryan en su primer turno al bate, luego consiguió el puesto de segunda base y encabezó el equipo en carreras y dobles. En 1989, Roberto se estableció como una estrella con 184 hits y 42 bases robadas. Su única desilusión fue que su hermano no podía jugar con él. Sandy quedó "atorado" en las menores porque el receptor de los Padres era el All-Star Benito Santiago.

Roberto esperaba que el equipo hiciera un trueque con Santiago, pero en cambio le dieron a Sandy a los Indians de Cleveland. Aún así estaba contento de que Sandy hubiera conseguido por fin la oportunidad de jugar y se sintió más emocionado todavía cuando su hermano ganó el Guante de Oro y fue elegido como el mejor novato de la Liga Americana en 1990. Los Alomar también se encontraron como oponentes ese julio, cuando Roberto y Sandy fueron seleccionados para participar en el juego de las estrellas.

Roberto llegó a la Liga Americana la siguiente temporada cuando fue intercambiado a los Blue Jays de Toronto. Aunque siempre había sido un jugador de cuadro excepcional, con su nuevo equipo fue

"What I love to do is play the game."

— *ROBERTO ALOMAR*

One of the most difficult accomplishments in baseball is making a great play look easy. Roberto Alomar is so smooth in the field that at times he has been accused of not trying. Nothing could be farther from the truth.

In the Alomar home, baseball has always been a family affair. Roberto's father, Santos (or "Sandy"), was an All-Star second baseman who played for six teams during his 15-year career. His older brother, Sandy Jr., was one of the best young players in the city of Ponce, Puerto Rico, where the Alomar boys grew up. Their mother, Maria, was a baseball expert, too. When Dad was away playing ball, they had no problem asking Mom for advice.

> ## DID YOU KNOW?
> *Roberto and Sandy both tower over their father, who stands about 5 feet 8 inches tall (173 centimeters). Roberto says they got their height and power from their mother's side.*

Roberto grew up with a mitt under his pillow and pictures of baseball's top stars pinned to his wall. He went with Sandy to all of his Little League practices. When Roberto was only 6 years old, he was invited to join the team. He was smaller and faster than his brother, who played catcher. In time, he became an infielder, just like his father.

In the early 1980s, Roberto's father and brother both joined the San Diego Padres organization. So when it came time to sign his first contract, 17-year-old Roberto knew exactly which team he wanted to play for.

Roberto's first year in the minors was fantastic. He and Sandy played for Charleston in the Class-A South Atlantic League. Two years later, they were teammates again, this time for Class-AA Wichita.

The following season, 1988, Roberto was promoted to the Padres in April. He got a hit off Nolan Ryan his first time up, then won the second base job, and led the team in runs and doubles. In 1989, Roberto established himself as a star with 184 hits and 42 stolen bases. His only disappointment was that his brother was not able to play with him. Sandy was "stuck" in the minors because the Padres' catcher was All-Star Benito Santiago.

Roberto hoped the team would trade Santiago, but instead they dealt Sandy to the Cleveland Indians. Still, he was glad that Sandy would finally have a chance to play, and he was thrilled when his brother won a Gold Glove and was voted the American

LEFT: *Roberto made front-page news when he joined forces with Cal Ripken in 1996.*
RIGHT: *No one is smoother than Roberto at turning the double play.*

ROBERTO ALOMAR — CON FACILIDAD

más allá. Podía cubrir más terreno que nadie en la liga y a menudo terminaba con errores a su nombre tras conseguir pelotas que otros jugadores de segunda base hubieran dejado ir a los jardines. Pero eso poco le importó a quienes votan por los Guantes de Oro. A pesar de 15 lanzamientos equivocados, recibió el premio.

Ofensivamente también mejoró, desarrolló un magnífico bateo al campo opuesto y demostró buena potencia, con 61 hits extra-base. En la votación por el Jugador más Valioso de aquel otoño Roberto terminó de sexto.

Los Blue Jays ganaron el título de su división en 1991 y llegaron a ganar las Series Mundiales en 1992 y 1993. En la victoria de seis juegos de Toronto contra los Phillies en 1993, Roberto consiguió 12 hits en 25 veces al bate. También consiguió un jonrón en el partido de las estrellas, un poco antes ese mismo año. Cuando Roberto llegó a ser un agente libre (tras la temporada de 1995), había ganado cinco veces el Guante de Oro, era un bateador consistente de .300 y, según algunos, un futuro miembro del Salón de la Fama.

Roberto firmó un contrato de tres años con los Orioles de Baltimore antes de la temporada de 1996. En su asociación con el

ARRIBA: *Roberto ha evitado las lesiones serias durante su carrera pero no teme enfrentarse a los corredores que se le vienen encima.*
DERECHA: *Roberto sabe que las jugadas que parecen fáciles pueden ser las más traicioneras. Nunca olvida "quedarse abajo" frente a una pelota.*

shortstop Cal Ripken formó lo que muchos consideran como la más grande combinación "arriba y al centro" en la historia del béisbol. Estadísticamente, Roberto tuvo un gran año. Pero en su vida personal la temporada fue desastrosa. En medio de la emoción por llegar al título de liga, perdió la calma y le escupió a un árbitro durante una discusión en el plato. El hijo consentido de Puerto Rico se convirtió de repente en el villano más odiado del béisbol.

Para cuando Roberto firmó con los Indians de Cleveland en 1999, la controversia se había disipado y logró su mejor año. Conectó .323 con 24 jonrones, 138 carreras y 120 empujadas y recibió su octavo Guante Dorado. Roberto también llegó al juego de las estrellas por décima vez en los años 90. Y, lo mejor de todo, pudo jugar de nuevo con Sandy en el mismo equipo.

Aunque Roberto ahora tiene más de 30 años, no muestra señales de querer descansar. Sigue siendo un excelente defensor, un bateador peligroso y un emocionante ladrón de bases. Si se retirara hoy, con seguridad llegaría al Salón de la Fama. Si sigue jugando unos años más sin lesionarse podría llegar a los 3,000 hits.

Roberto seguirá jugando mientras el fuego del triunfo arda en su interior y se divierta en el campo. Puede que eso implique muchos o pocos años, pero hay una cosa segura: hasta ese día, no habrá quien lo haga parecer más fácil.

¿SABÍA USTED?

Tanto Roberto como Sandy son mucho más altos que su padre, quien mide cerca de cinco pies y ocho pulgadas (173 centímetros). Roberto dice que los muchachos sacaron su altura y poder del lado materno de la familia.

League's top rookie in 1990. The Alomars also met as opponents that July, when Roberto and Sandy were selected to play in the All-Star Game.

Roberto became an American Leaguer the following season when he was traded to the Toronto Blue Jays. Always an exceptional fielder, he blossomed into an extraordinary defensive player with Toronto. He could cover more ground than anyone else in the league, and often was charged with errors after getting to balls that other second baseman would have allowed to roll into the outfield. Gold Glove voters did not care. Despite 15 miscues, he won the award.

Roberto's batting also improved. He developed into a superb opposite-field hitter, and showed good power, with 61 extra-base hits. In the Most Valuable Player (MVP) voting that fall, Roberto finished sixth.

The Blue Jays won their division in 1991, and then went on to win the World Series in 1992 and 1993. In Toronto's six-game victory over the Phillies in 1993, Roberto collected 12 hits in 25 at bats. He also hit a home run in the All-Star Game earlier that year. By the time Roberto became a free agent (after the 1995 season), he was a five-time Gold Glove winner, a consistent .300 hitter, and, some said, a future Hall of Famer.

Roberto signed a three-year contract with the Baltimore Orioles before the 1996 season. He teamed with shortstop Cal Ripken to form what many regard as the greatest up-the-middle combination in baseball history. In terms of numbers Roberto had a great year, but the season was a personal disaster. In the heat of the pennant race, he lost his temper and spit on an umpire during an argument at home plate. Puerto Rico's favorite son was suddenly baseball's most hated villain.

By the time Roberto signed with the Cleveland Indians in 1999, the controversy had blown over and he had his best year ever. He hit .323 with 24 homers, 138 runs, and 120 RBIs, and received his eighth Gold Glove award. Roberto also was an All-Star for the tenth time during the 1990s. Best of all, he got to play on the same team as Sandy again.

Although Roberto is now in his 30s, he shows few signs of slowing down. He is still an excellent fielder, a dangerous hitter, and an exciting base-stealer. If he retired today, he would be a certain Hall of Famer. If he plays a few more years and stays healthy, he could reach 3,000 hits.

Roberto will play as long as the fire to win burns within him and as long as the game is fun. Whether that is a few years or many years, one thing is certain: Until that day, no one will make the game look easier.

LEFT: *Roberto has avoided serious injury during his career, but he is not afraid to stand his ground when a base runner comes barreling in.*
RIGHT: *Roberto knows that easy-looking plays can sometimes be the most treacherous. He never forgets to "stay down" on a ball.*

GOLD GLOVE WINNER — 1991-1996 & 1998-2001

"Tiene el mejor brazo de un jugador de cuadro que haya visto". — *GLENN HOFFMAN, ANTIGUO DIRECTIVO DE ADRIÁN*

En la República Dominicana los muchachos aprenden que los mejores jugadores de béisbol son los que se niegan a dejar que cualquier obstáculo bloquee su camino a las ligas mayores. Adrián Beltré disfruta entregándolo todo— "No me gusta jugar lenta o suavemente", dice, "me justa jugar duro, siempre"— pero en alguna parte de su recorrido puede haber olvidado el significado de este mensaje.

De niño en Santo Domingo Adrián se desempeñó con excelencia en un buen número de deportes, pero sólo se dedicó en realidad al béisbol a partir de los 13 años. Tras ver en televisión al extraordinario tercera base Ken Caminiti, decidió que eso era lo que quería hacer. Los dos años siguientes, Adrián mejoró con rapidez. En 1994 un par

ARRIBA: *Rapidez y valentía son algunas de las claves que le permiten a Adrián quitarle algunos hits a los bateadores contrarios.*
DERECHA: *Otros jugadores de tercera base alaban el brazo de Adrián. Es uno de los más fuertes y exactos del béisbol.*

de cazatalentos de los Dodgers de Los Ángeles lo vieron y quedaron impresionados por sus deseos de triunfar y madurez. Cuando vieron lo bien que pegaba y lanzaba le ofrecieron un contrato. ¡No imaginaban que Adrián acababa de cumplir 15 años!

Lo que sucedió a continuación no está claro. Es posible que alguien en la organización de Los Ángeles se diera cuenta de la edad de Adrián y tratara de esconderla. Adrián no lo mencionó y firmó el contrato. Nada iba a obstaculizar su camino, ni siquiera la regla que impedía firmar menores de 16 años.

A pesar de su juventud, Adrián ascendió rápidamente en el sistema de siembra. Era un defensor pulido con el valor y las reacciones rápidas requeridas para jugar en tercera base, además de unos buenos pies y un brazo fuerte. Sin embargo su bateo fue lo que convenció a los Dodgers de seguir promoviéndolo. En 1996, el joven de 17 años atravesó la Liga Sur Atlántica, luego bateó bien contra lanzadores de la Liga de California. En 1997 estuvo a punto de ganar la Triple Corona de la Liga estatal de Florida y en 1998 comenzó la temporada en el equipo doble A de San Antonio, donde los Dodgers quedaron impresionados con su progreso y sus excelentes hábitos de trabajo. A menudo Adrián tomaba prácticas adicionales para mejorar en bateo y defensa, aún cuando sus instructores le decían que iba bien.

Ese mismo año Adrián fue promovido a las mayores y consiguió siete cuadrangulares jugando medio tiempo. En 1999, aún con 19 años, se convirtió en tercera base titular del club. Fue tras esta temporada cuando se descubrió que Adrián había firmado originalmente a los 15 años. Los Dodgers tuvieron que pagar una multa abultada pero afortunadamente Adrián no fue castigado por su error.

¿SABÍA USTED?

Adrián enfrentó su mayor reto en el 2001, cuando estuvo a punto de morir por una equivocación médica en una apendectomía de rutina. Se recuperó con una velocidad increíble, retornando a los campos en junio y terminando el año con más de 100 hits.

En el 2000, Adrián encabezó los tercera base de la Liga Nacional en chances totales y ponches, bateó .290 y conectó 20 jonrones. Sí cometió demasiados errores, pero la mayoría se debieron a lanzamientos que no debió haber intentado. Saber cuando abstenerse de lanzar es una habilidad que llega con un poco más de experiencia. En general su trabajo ofensivo fue brillante.

Aunque la oficina del comisionado hubiera preferido que Adrián esperara un año más, sus seguidores están felices de que haya empezado cuando lo hizo. A duras penas pueden esperar el siguiente capítulo en la historia de Adrián.

ENCABEZÓ LA L.N. EN CHANCES TOTALES Y PONCHADOS—1999

"He has the best infield arm I've ever seen."

— *FORMER MANAGER GLENN HOFFMAN*

In the Dominican Republic, boys are told that the best baseball players are the ones who simply refuse to let anything block their path to the major leagues. Adrian Beltre loves to give his all—"I don't like to play slow or softly," he says, "I like to play hard, always"—but somewhere along the way he may have missed the meaning of this message.

Adrian excelled at a number of sports as a child in Santo Domingo, but did not really focus on baseball until the age of 13. After watching super-tough third baseman Ken Caminiti on television, he decided that was what he wanted to do. Over the next two years, Adrian improved quickly. In 1994, a couple of scouts from the Los Angeles Dodgers spotted him and were impressed by his hustle and maturity. When they saw how well he hit and threw, they offered him a contract. They never imagined Adrian had just turned 15!

What happened next is not clear. Someone in the Los Angeles organization probably did discover Adrian's real age, then attempted to hide it. Adrian kept his mouth shut and signed.

DID YOU KNOW?

Adrian faced his biggest challenge in 2001, after doctors botched a routine appendectomy and he almost died. He recovered incredibly fast, making it back to the field in June and finishing the year with more than 100 hits.

Nothing was going to block his path, including the rule against signing boys before they turn 16.

Despite his youth, Adrian shot right through the farm system. He was a smooth fielder with the courage and quick reactions needed to play third base. He also had good footwork and a strong arm. It was Adrian's hitting, however, that kept convincing the Dodgers to promote him. In 1996, the 17-year-old tore up the South Atlantic League, then hit well against California League pitchers. In 1997, he nearly won the Florida State League triple crown. Adrian started the 1998 season at Class-AA San Antonio. The Dodgers were thrilled with his progress and excellent work habits. Adrian would often take extra practice to improve his hitting and fielding, even when his coaches told him he was doing fine.

Adrian was promoted to the majors in 1998 and hit seven homers in part-time duty. In 1999, while still 19, he became the club's regular third baseman. It was after this season that it was discovered Adrian had originally been signed at 15. The Dodgers had to pay a heavy fine, but luckily Adrian was not punished for his mistake.

In 2000, Adrian led National League third basemen in total chances and putouts, batted .290, and hit 20 home runs. He did make a few too many errors, but most came on throws he should not have attempted. Knowing when not to throw is a skill that comes with a little more experience. Overall, his defensive work was brilliant.

Although the commissioner's office would have preferred Adrian to wait that extra year, his fans are glad he started when he did. They can hardly wait for the next chapter in Adrian's story.

LEFT: *Quickness and courage help Adrian rob enemy batters of certain hits.*
RIGHT: *Other third basemen rave about Adrian's arm. It is one of the strongest and most accurate in baseball.*

LED N.L. IN TOTAL CHANCES & PUTOUTS — 1999

"Cuando jugaba contra él, pensaba que era bueno. Jugando con él pienso que es grandioso".

— *ANDY FOX, COMPAÑERO DE EQUIPO*

*N**o es posible ser un jugador titular en las mayores si no se es un jugador completo. Durante tres frustrantes temporadas, esto fue lo que detuvo a Luis Castillo. Un vistoso segunda base con un bate vivaracho y un brazo de cañón, Luis debió "desaprender" muchas de las cosas que lo habían hecho sobresalir como adolescente jugando béisbol.*

Hay un viejo dicho en la República Dominicana: "Nadie sale caminando dc la isla". En otras palabras, para que un jugador joven obtenga un contrato, es más importante demostrar que puede conseguir hits que tener un buen ojo de bateo. Luis, quien creció en San Pedro de Macoris, se aprendió el mensaje al pie de la letra. Era tan veloz que simplemente podía batear una bola rastrera y correr tan rápido como para no ser ponchado en primera. "Trabajar el pitcher" le parecía una pérdida de tiempo.

Cazatalentos de los Marlins de la Florida, un club en expansión que trataba de construir su sistema de ligas menores, se emocionaron con el potencial de Luis. El equipo lo firmó en 1992 y lo envió a las menores en la temporada de 1993. Luis impresionó a sus rivales con su juego defensivo. Era tan rápido y tenía un brazo tan fuerte que podía jugar muy cerca al primera base, lo que cerraba el agujero por el que los bateadores zurdos meten la pelota. Y si una bola rastrera iba por el medio, Luis era lo suficientemente rápido para lanzarse por ella, cogerla desde atrás con su guante y luego dispararla a través de su cuerpo. Aunque seguía siendo un adolescente, su manera de jugar en el campo tenía la calidad de las ligas mayores.

ARRIBA: *Aunque siempre fue un buen defensa, Luis tuvo que mejorar su disciplina en el plato. Ahora sus tarjetas de béisbol lo muestran como un joven bateador, tranquilo y confiado.*
DERECHA: *Luis demuestra una postura perfecta y un excelente movimiento de pies cuando se prepara para ponchar a Marlon Anderson quien intentaba robarse una base.*

Sin embargo su estilo de bateo se estaba convirtiendo en causa de preocupación. Cuando los lanzadores se dieron cuenta que le abanicaba a cualquier cosa, le dejaron de lanzar en la zona de strike. Aún de esa manera, fue capaz de llegar lo suficiente a las bases como para mantenerse en la formación titular—no había motivo para cambiar. En 1995, pegó .326 para el equipo clase A de Kane County. En 1996, conectó .317 para el equipo doble A de Portland y encabezó la Liga Este con 51 base robadas.

¿SABÍA USTED?

De niño Luis usaba un guante hecho con envases vacíos de leche. Dice que desarrolló sus "manos suaves" como consecuencia de haber aprendido a defender con esas herramientas temporales.

Los Marlins ascendieron a Luis a las mayores a finales de la temporada de 1996. Jugó buena defensa, robó muchas bases y pegó un respetable .262. Pero el año siguiente, lanzadores rivales descubrieron sus debilidades y fue enviado de vuelta a las menores. Vio con frustración que el equipo llegaba a las finales y luego ganaba la Serie Mundial sin él. Luis se dio cuenta que debía convertirse en un bateador paciente.

Luis se transformó en el equipo triple A de Charlotte. Trabajaba a los pitchers hasta el final de la cuenta y los obligaba a lanzarle pelotas que pudiera reventar con fuerza. Si no veía un lanzamiento a su gusto, aceptaba la base por bolas. Al final de la temporada de 1998 llegó a las mayores para quedarse.

Desde entonces, Luis se ha convertido en un gran bateador temprano—hará lo que sea necesario para llegar a primera base. Para felicidad de los Marlins, en la actualidad gana tantos juegos con su bate como con su guante.

ENCABEZÓ LA L.N. EN BASES ROBADAS — 2000

"When I was playing against him, I thought he was good. Playing with him, I think he's great." — TEAMMATE ANDY FOX

You cannot be an everyday player in the major leagues unless you are a complete player. For three frustrating seasons, this is what held back Luis Castillo. A flashy second baseman with a live bat and a cannon for an arm, Luis had to "un-learn" many of the things that had made him a baseball standout as a teenager.

There is an old saying in the Dominican Republic: "No one walks off the island." In other words, for a young player to get a contract it is more important to prove he can hit than show that he has a good batting eye. Luis, who grew up in San Pedro de Macoris, took this message to heart. He was so fast that he could simply hit a grounder and outrun the throw to first. "Working the pitcher" seemed like a waste of time to him.

Scouts from the Florida Marlins, an expansion club building its minor-league system, were excited by Luis's potential. The team signed him in 1992, and sent him to the minors for the 1993 season. Luis dazzled opponents with his defensive play. He was so quick and had such a strong arm, that he could play very close to the first baseman. This closed off the hole left-handed hitters love to shoot for. And if a ground ball rolled up the middle, Luis was swift enough to dart over, glove it backhanded, then fire the ball across his body. Though still a teenager, his play in the field was already major-league quality.

DID YOU KNOW?

As a boy, Luis used a mitt made of old milk cartons. He says he developed his "soft hands" as a result of learning to field with this makeshift equipment.

Luis's hitting style, however, was becoming a concern. When pitchers realized he would swing at anything, they rarely threw him a strike. Even so, he was able to get on base enough to stay in the line-up, so he saw no reason to change. In 1995, he hit .326 for Class-A Kane County. In 1996, he hit .317 for Class-AA Portland, and led the Eastern League with 51 stolen bases.

The Marlins made Luis a major-leaguer at the end of the 1996 season. He played great defense, stole a lot of bases, and hit a respectable .262. But the following year, rival pitchers learned his weaknesses and he was sent back to the minors. He watched in frustration as the team reached the playoffs and then won the World Series without him. Luis realized that he had to become a more patient hitter.

Luis transformed himself at Class-AAA Charlotte. He worked pitchers deep into the count and made them throw balls he could hit hard. If he did not see a pitch he liked, he accepted a walk. At the end of the 1998 season, he made the majors for good.

Since then, Luis has become a great leadoff hitter—he will do anything it takes to reach first base. To the delight of the Marlins, he now wins as many games with his bat as his glove.

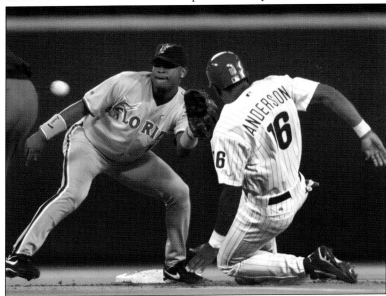

LEFT: *Always a good fielder, Luis had to work on his discipline at the plate. Now his baseball cards show a cool and confident young hitter.*
RIGHT: *Luis exhibits perfect positioning and footwork as he prepares to tag out Marlon Anderson on an attempted steal.*

"Es el jugador más emocionante del juego".

— *MERV RETTENMUND, ENTRENADOR DE LOS BRAVES*

Mis piernas son mi vida", dice Rafael Furcal. Puede que eso sea cierto—su velocidad sí le permite llegar a pelotas que otros jugadores de cuadro apenas pueden señalar. Pero han sido su rapidez con el guante, su trabajo pulido e intrépido a la hora de hacer doble plays y su poderoso brazo las características que han emocionado a sus seguidores desde los días en que jugaba en la República Dominicana.

El menor de cuatro hermanos, Rafael era el "bebé" de la familia—más de 10 años lo separaban de sus hermanos José, Manny y Lorenzo. El padre de Rafael había sido uno de los mejores jardineros de la República Dominicana y el béisbol era una parte importante de la vida familiar. Rafael dormía con un bate y una bola desde que era un bebé; Manny y Lorenzo firmaron contratos profesionales (con los Mariners de Seattle y los A's de Oakland) y jugaron durante los años 80.

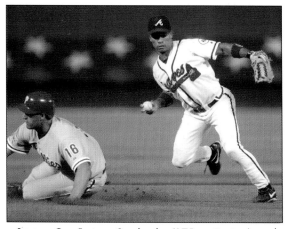

ARRIBA: *Con 5 pies y 9 pulgadas (175 centímetros) puede que Rafael sea uno de los shortstops más pequeños del béisbol, pero nadie puede sur igualar la combinación de su fabuloso brazo de lanzamiento y su velocidad explosiva.*
DERECHA: *Rafael celebra su primer jonrón en las mayores. Lo consiguió frente a los Astros en septiembre del 2000.*

Aunque Rafael era pequeño, al llegar a la adolescencia ya podía defender, lanzar y batear muy bien. Sin embargo lo que lo hacía un jugador especial era que entendía la importancia de ser paciente, de tener un "plan" cuando llegaba al bate. A los Braves de Atlanta les gustaron sus habilidades y su "árbol genealógico". Firmaron un contrato con él en noviembre de 1996 y tras dos temporadas como segunda base en las ligas menores lo cambiaron a shortstop en 1999.

Al principio Rafael tuvo problemas con su nueva posición, pero para el final del año ya jugaba con confianza. Los Braves esperaban que Rafael llegara a las mayores en el 2002 o 2003, pero en la temporada de 1999, bateó .320 y robó 96 bases para los equipos clase A en Macon y Myrtle Beach. Durante el invierno fue el jugador más emocionante de la Liga de invierno en la República Dominicana y en el entrenamiento de primavera continuó su excelente desempeño, esta vez frente a oponentes de las ligas mayores. Bateó bien, tenía un gran alcance y causaba terror en las bases. Y todo el mundo hablaba maravillas sobre su brazo. ¡Rafael tiró una pelota con tanta fuerza que atravesó el tejido del guante de Andrés Galarraga!

El directivo Bobby Cox decidió dejar a Rafael en el equipo para alinearlo cuando sus veteranos necesitaran un descanso. En julio una lesión le permitió a Rafael convertirse en el shortstop titular del equipo. Jugó una buena defensa y bateó bien como primer bate. Al final de la temporada,

¿SABÍA USTED?

Sólo un shortstop en los últimos 25 años saltó de un equipo clase A hacia las mayores para convertirse en una estrella —el miembro del Salón de la Fama Ozzie Smith.

los Braves eran los campeones de la división y Rafael encabezó los novatos de la Liga Nacional en carreras, bases por bola, bases robadas y porcentaje de llegadas a base. Bateando sólo sufrió dos doble plays en el 2000, la mejor marca en las ligas mayores.

Rafael sigue siendo muy joven y tiene muchas cosas que aprender. Planea utilizar mejor su velocidad como bateador y mejorar el manejo de sus pies como defensa. Pero a una edad en la que la mayoría de jóvenes dominicanos aún luchan por encontrar un camino que los saque de los equipos más bajos de las menores, Rafael ha empezado con el pie derecho. Su objetivo es sacarle el mayor provecho a una oportunidad tan maravillosa.

"He's the most exciting player in the game."

— *Braves coach Merv Rettenmund*

My life is my legs," says Rafael Furcal. That may be true—his speed does enable him to get to balls other infielders can only wave at. But it is his quick glove, smooth and fearless work turning the double play, and powerful arm that have been bringing fans to their feet since his days back in the Dominican Republic.*

The youngest of four sons, Rafael was the "baby" of the family—more than 10 years younger than brothers Jose, Manny, and Lorenzo. Rafael's father had been one of the best outfielders in the Dominican Republic, so baseball was a big part of family life. Rafael slept with a bat and ball from the time he was a baby; Manny and Lorenzo signed pro contracts (with the Seattle Mariners and Oakland A's) and played pro ball in the 1980s.

> ## DID YOU KNOW?
>
> *Only one other shortstop in the last 25 years jumped from Class-A to the majors and became a star—Hall of Famer Ozzie Smith.*

Although Rafael was small, by his teen years he could field, throw, and hit very well. What made him a special player, however, was that he understood the importance of being patient, of having a "plan" when he was at bat. The Atlanta Braves liked his skills and loved his "bloodlines." They signed him to a contract in November of 1996. After two minor-league seasons as a second baseman, Rafael was shifted to shortstop in 1999.

Rafael struggled with the new position at first, but by the end of the year he was playing with confidence. The Braves expected Rafael to reach the majors by 2002 or 2003. But during that 1999 season, he batted .320 and stole 96 bases for their Class-A clubs in Macon and Myrtle Beach. Over the winter, he was the hottest player in the Dominican Winter League. And in spring training, Rafael continued to excel, this time against major-league competition. He hit well, had great range, and was a terror on the bases. And everyone raved about his arm. Rafael threw one ball so hard that it tore through the webbing of Andres Galarraga's mitt!

Manager Bobby Cox decided to keep Rafael with the team, and played him whenever his veterans needed a rest. In July, injuries opened the door for Rafael to become the team's everyday shortstop. He played good defense and hit well in the leadoff spot. By the end of the season, the Braves were division champions and Rafael led all National League rookies in runs, walks, stolen bases, and on-base percentage. He grounded into just two double plays during 2000, which was the best mark in the major leagues.

Rafael is still very young and has much to learn. He plans to make better use of his speed as a hitter, and improve his footwork as a fielder. But at an age when most young Dominicans are still struggling to find their way in the low minors, Rafael has a tremendous head start. He aims to make the most of this marvelous opportunity.

LEFT: *At 5 feet 9 inches (175 centimeters) Rafael may be one of baseball's tiniest shortstops, but no one can match his combination of sprinter's speed and a fabulous throwing arm.*
RIGHT: *Rafael celebrates his first home run in the majors. It came against the Astros in September of 2000.*

N.L. ROOKIE OF THE YEAR — 2000

ANDRÉS GALARRAGA—MORIR NUNCA

"Cuando escuché la palabra 'cáncer' creí que iba a estar muerto al otro día. ¡Pero aquí estoy!"

— ANDRÉS GALARRAGA

Dicen que un gato tiene nueve vidas y el "gran gato" del béisbol, Andrés Galarraga, es prueba viviente de esto. El primera base que batea duro y defiende con elegancia ha "renacido" varias veces en su larga carrera, que simplemente sigue y sigue.

Desde los cinco años Andrés ha sido un fanático del béisbol. Cuando crecía en Caracas, Venezuela, estaba jugando o tratando de empezar un partido. Aunque su padre, un pintor de casas, no estaba muy interesado por el béisbol, se dio cuenta que su hijo amaba al deporte y le dio su apoyo. Andrés aprendió a jugar copiando a los grandes jugadores. Observaba con cuidado cómo movían los pies y dónde se colocaban las leyendas venezolanas Luis Aparicio y Dave Concepción. Y estudió el estilo de bateo de su máximo héroe, Roberto Clemente.

A menudo de niño molestaban a Andrés por ser rellenito pero todo terminó en la adolescencia cuando la gordura se convirtió en músculo. En su primer año de secundaria conectó 15 jonrones en 19 partidos. A los 16 años jugaba como profesional en la Liga de invierno de Venezuela. Miraba con atención a Manny Trillo y Tony Armas, miembros de las mayores, y copiaba todo lo que hacían.

ARRIBA: Andrés trajo estabilidad a la defensa de Atlanta cuando retornó de su batalla contra el cáncer.
DERECHA: Como lo muestra esta tarjeta, Andrés era un consentido de la afición cuando jugaba con los Rockies de Colorado.

Pronto Andrés mismo había llegado a las mayores. Felipe Alou de los Expos lo vio, firmó un contrato con él y para 1985 había ascendido por el sistema de siembra hasta llegar al equipo titular. Aunque era uno de los primera base más grandes del juego, se movía con rapidez y gracia. En el plato le pegaba a la pelota donde fuera lanzada y una vez encabezó la Liga Nacional en hits.

En 1989 los Expos le pidieron a Andrés que cambiara la forma de abanicar y que jalara más la pelota. Los resultados fueron desastrosos. Durante cuatro años su promedio quedó en la parte baja de los .200. Sólo su brillante trabajo defensivo lo mantuvo en la titular, durante esta época fue reconocido con dos Guantes Dorados.

En 1993, Andrés firmó con los Rockies de Colorado. Algunos criticaron al equipo por tomar a un jugador "lavado" de 32 años y rodillas adoloridas. Con la ayuda del administrador Don Baylor, Andrés retomó su antigua forma de abanicar y encabezó las mayores con un promedio de .370. Además su gran trabajo en primera base salvó muchos errores de lanzamiento al responder por sus compañeros de equipo Vinny Castilla y Eric Young, que apenas debutaban.

Con los años la defensa de Andrés continuó siendo el pegamento que mantenía unidos a los jugadores de cuadro de Colorado. Y su bateo sólo mejoró. En 1996 y 1997, anotó un total de 88 jonrones y empujó 290 carreras. Cuando Andrés se unió a los Braves de Atlanta en 1998 pegó 41 jonrones y empujó 121 carreras.

Tras esa temporada le diagnosticaron un cáncer y no pudo participar en la temporada de 1999. Después de recibir tratamiento y recuperar su

¿SABÍA USTED?

Cuando Andrés pegó .370 en 1993, fue el promedio más alto de un bateador diestro desde cuando Joe DiMaggio bateó .381 en 1939.

fuerza, tuvo un retorno increíble a los 39 años. En el 2000, conectó 28 jonrones, bateó .302 y empujó 100 carreras. Y, nuevamente, su guante salvó incontables errores de lanzamiento mientras los Braves usaban media docena de jugadores como segunda base y shortstop.

¿Cuántas más vidas puede tener el Gran Gato? Aunque es difícil decirlo, seguirá siendo recordado como uno de los pegadores con mejor desempeño defensivo en haber llegado al juego.

GANADOR DEL GUANTE DE ORO — 1989 Y 1990

"When I heard the word 'cancer,' I thought I'd be dead the next day. But here I am!" — *ANDRES GALARRAGA*

They say a cat has nine lives. Baseball's "Big Cat," Andres Galarraga, is living proof of this. The hard-hitting, slick-fielding first baseman has been "reborn" several times during his long career, which just keeps going and going.

From the age of five, Andres has been a baseball fanatic. While growing up in Caracas, Venezuela, he was either playing a game or trying to get one started. His father, a housepainter, had no interest in baseball. However, he saw how much his son loved the sport so he supported him. Andres learned the game by copying the great players. He watched the footwork and positioning of Venezuelan legends Luis Aparicio and Dave Concepcion. And he studied the batting style of his all-time hero, Roberto Clemente.

Andres was often teased as a boy because he was overweight. But the jeering stopped when he reached his teenage years and the fat turned into muscle. In his first year of high school he hammered 15 homers in 19 games. By the age of 16 he was playing professionally in the Venezuelan Winter League. He closely watched major-leaguers like Manny Trillo and Tony Armas and copied everything they did.

Soon Andres was a major-leaguer himself. Felipe Alou of the Expos scouted and signed him, and by 1985 he had worked his way through the farm system all the way to Montreal. Although he was one of the largest first basemen in the game, Andres moved with quickness and grace. At the plate, he hit the ball where it was pitched, and once led the National League in hits.

In 1989 the Expos asked Andres to change his swing and pull the ball more. The results were disastrous. For four years, his average stayed in the low .200s. Only his brilliant defensive work kept him in the lineup. Twice during this time he won the Gold Glove award.

In 1993, Andres signed with the Colorado Rockies. Some criticized the team for taking a "washed-up" 32-year-old with sore knees. With the help of manager Don Baylor, Andres found his old batting stroke and led the majors with a .370 average. Also, his great work at first base saved a lot of throwing errors from being charged to teammates Vinny Castilla and Eric Young, who were starting for the first time.

Over the years, Andres's defense continued to be the glue that held the Colorado infield together. His hitting, meanwhile, only got better. In 1996 and 1997, he belted a total of 88 home runs and had 290 RBIs. Andres joined the Atlanta Braves in 1998, and hit 41 home runs with 121 RBIs.

After the 1998 season, Andres was diagnosed with cancer. He missed the entire 1999 campaign. Andres underwent treatment and regained his strength, then made an incredible comeback at the age of 39. In 2000, Andres belted 28 homers, batted .302, and had 100 RBIs. And once again, his glove saved countless throwing errors, as the Braves used a half-dozen players at second base and shortstop.

How many more lives does the Big Cat have? That is hard to say. However, he will long be remembered as one of the best-fielding sluggers ever to play the game.

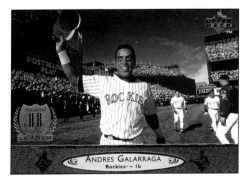

LEFT: *Andres brought stability to the Atlanta infield when he returned from his battle with cancer.*
RIGHT: *As this card shows, Andres was a huge favorite while playing for the Colorado Rockies*

GOLD GLOVE WINNER — 1989 & 1990

NOMAR GARCÍAPARRA — *LA PRÁCTICA HACE AL MAESTRO*

"De no haber entrenado, hoy sería un shortstop que juega bien en defensa, bateando de séptimo u octavo en la alineación". — *NOMAR GARCÍAPARRA*

Ningún shortstop juega más duro o practica más que Nomar Garcíaparra. ¿Entonces por qué razón su magnífico desempeño defensivo pasa casi desapercibido? La respuesta es que le dedica ese mismo tiempo a su bateo y sus habilidades en este campo lo han convertido en uno de los jugadores más temidos del béisbol.

Desde niño Nomar relacionó las ideas de trabajo duro y resultados obtenidos. Su padre, Ramón (¡Nomar es Ramón deletreado al revés!), metió esa idea en la cabeza de su hijo cuando le bateaba semanalmente cientos de pelotas rastreras en el parque cercano a su casa en Whittier, California. Ramón era un buen jugador cuando estaba creciendo en México y trató de enseñarle a su hijo todo lo que sabía.

La aproximación a los deportes extremadamente seria de Nomar se hizo evidente a sus seis años cuando jugaba pelota. El padre de un compañero de equipo lo apodó "Nomar sin disparates" (*No Nonsense Nomar*).

ARRIBA: *Nomar es conocido por sus rituales, que incluyen una completa sesión de estiramiento antes del juego.*
DERECHA: *Para quienes disfrutan de ver a Nomar en este estadio, esta tarjeta es una de sus favoritas.*

Nomar también era un excelente jugador de fútbol y tanto el equilibrio como la habilidad con los pies le ayudaron más tarde en su posición de shortstop. La impresionante fuerza en las piernas que desarrolló también le fue útil—pesando 135 (61 kilos) libras, necesitaba toda la potencia que pudiera conseguir.

Tras una excelente carrera en la secundaria, varias universidades ofrecieron becarlo. Escogió Georgia Tech University, donde sorprendió a todo el mundo con su bateo robusto en su primer año. De hecho, Nomar era tan bueno que llegó al equipo olímpico de los Estados Unidos en 1992, un logro que ningún universitario de primer año había logrado antes. Aunque al comienzo era el remplazo de Michael Tucker, pronto se ganó la posición titular.

Después de un segundo año de universidad plagado de lesiones, Nomar decidió fortalecer su cuerpo en el gimnasio. El resultado fueron diez libras adicionales de músculo (4.5 kilos), la mayor parte del cual puede verse en los antebrazos masivos que muestra en la actualidad. Nomar tuvo un año impresionante, bateando .427 con 53 hits extra-base en 64 juegos. Los cazatalentos que llegaron esa temporada a Georgia Tech para evaluar las estrellas Jason Varitek y Jay Payton se fueron hablando maravillas del "otro tipo" de los Yellow Jackets. Nomar fue el jugador número 12 en ser elegido dentro del sorteo de talento de las ligas mayores en esa primavera.

Mientras Nomar subía por el sistema de siembra de los Red Sox, sorprendió a sus managers donde quiera que jugara. Deseaban que el equipo pudiera "embotellar" su capacidad de concentración y dedi-

"If I hadn't done the training, today I'd be just a good fielding shortstop, hitting seventh or eighth in the lineup."

— *NOMAR GARCIAPARRA*

No *shortstop plays harder or practices more than Nomar Garciaparra. So why is it that his terrific fielding goes practically unnoticed? The answer is that he spends just as much time on his hitting, and his batting skills have made him one of the most feared players in the game.*

Nomar made the connection between hard work and results when he was a child. His father, Ramon (Nomar is Ramon spelled backward!), drilled this into his son's head while banging out hundreds of grounders each week on the ball field down the street from their home in Whittier, California. Ramon had been a good player when he was growing up in Mexico, and he tried to teach his son everything he knew.

Nomar's super-serious approach to sports was already evident when he was a 6-year-old playing T-ball. A teammate's father nicknamed him "No Nonsense Nomar." Nomar was also an excellent soccer player. The footwork and balance he developed really helped him at shortstop. The tremendous leg strength he built up was useful, too—at 135 pounds (61 kilograms), he needed all the power he could get.

> ## DID YOU KNOW?
> *Nomar's 2001 season was ruined when he needed surgery on his wrist. His spirits brightened, however, when his little brother, Michael, was drafted by the Seattle Mariners.*

After a great high-school career, Nomar was offered scholarships by several colleges. He chose to attend Georgia Tech University, where he surprised everyone with his robust hitting as a freshman. Nomar was so good, in fact, that he made the 1992 U.S. Olympic squad. No freshman had ever done that before. At first a backup to Michael Tucker, he soon became the starter.

After an injury-plagued sophomore year, Nomar decided to build up his body in the gym. The result was 10 pounds (4.5 kilograms) of added muscle, much of which could be seen in his now-massive forearms. Nomar had an amazing year, batting .427 with 53 extra-base hits in 64 games. The scouts coming to evaluate Georgia Tech stars Jason Varitek and Jay Payton that season left raving about the "other guy" on the Yellow Jackets. Nomar was the 12th player chosen in that spring's major-league draft.

As Nomar worked his way up the Red Sox farm system, he amazed his managers wherever he played. They wished the team could "bottle" his focus, concentration, and dedication and let the other players have a sip. Nomar's defensive work really made him stand out. He got to every ground ball, and threw with good strength and accuracy from many different positions. This is something young infielders often must work on for years; Nomar already did it like a big-leaguer.

Young infielders can also take years to develop a consistent batting stroke. To Boston's delight, the tougher the competition, the better Nomar hit. The only thing that concerned the team was that it seemed as if Nomar was wearing himself out. Nomar worried, too. At the end of

LEFT: *Nomar is famous for his rituals, including a thorough pregame stretching routine.*
RIGHT: *For those who love to watch Nomar make plays in the field, this card is one of their favorites.*

STADIUM CLUB
NOMAR GARCIAPARRA

cación para dárselas a tomar a otros jugadores. Su trabajo defensivo lo hacía resaltar porque llegaba a todas las pelotas rastreras y lanzaba con fuerza y exactitud desde diferentes posiciones: algo que jóvenes jugadores de cuadro a menudo tardan años en desarrollar y que Nomar ya hacía como si estuviera en las grandes ligas.

Otra cosa que puede tomarles años a los jóvenes jugadores de cuadro es desarrollar un movimiento de bateo consistente, pero para felicidad del equipo de Boston mientras más dura fuera la competencia mejor bateaba Nomar. Lo único que preocupaba al equipo era que aparentemente Nomar se estaba desgastando a sí mismo. Eso también inquietaba al jugador. Al final de cada temporada se sentía exhausto. Empezó a trabajar con los entrenadores del equipo en invierno y para 1996 había agregado 20 libras (9 kilos) de músculo a su contextura delgada.

Los Red Sox llamaron a Nomar a finales de la temporada de 1996 y lo hicieron su shortstop titular en 1997. Jugó brillantemente al bate y en la defensa, y fue seleccionado para participar en el partido de estrellas. Terminó la temporada como el novato del año de la Liga Americana y consiguió una nueva marca de carreras empujadas por un primer bate. También encabezó la liga en hits, hits extrabase, ponches personales, chances totales y doble plays—demostrando que hacía su trabajo igualmente bien con el bate o el guante.

En 1998, Nomar estuvo aún mejor. Noche tras noche conseguía las jugadas defensivas cruciales o lograba el hit decisivo. En ocasiones mantuvo él solo a los Red Sox en la carrera por el título. En septiembre mejoró su desempeño otro punto más y los Red Sox llegaron a las finales. Los seguidores de Boston aún se preguntan por qué razón no fue nombrado jugador más valioso de la liga.

Con Omar Vizquel en la cúspide de su carrera, no había forma de que Nomar ganara un Guante Dorado. Así que en cambio salió y obtuvo un título de bateo en 1999 con un promedio de .357. En el 2000, su promedio aumentó a .372 y ganó nuevamente el campeonato de bateo.

Sus proezas al bate hacen fácil olvidar sus contribuciones defensivas. Seguidores de los Red Sox, que tienen la oportunidad de verlo todos los días, le dirán que evita casi tantas carreras como las que anota. Expertos en béisbol agregarán que el cuadro donde Nomar juega es el más impredecible de las mayores,

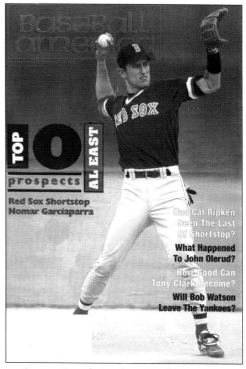

ARRIBA: *Cuando jugaba en las ligas menores, Nomar llegó a la carátula de BASEBALL AMERICA como defensa, no como bateador.*
DERECHA: *Nomar puede lanzar la pelota desde muchos ángulos, pero siempre demuestra buena forma y equilibrio.*

¿SABÍA USTED?

La temporada de Nomar en el 2001 se arruinó cuando tuvo que ser operado de las muñecas. Sin embargo tuvo motivos de alegría cuando su hermano menor, Michael, fue elegido por los Mariners de Seattle en el sorteo de talento.

pero aún así hace las jugadas difíciles, las fáciles y las espectaculares—y hace que todas parezcan rutina.

La mayoría de shortstops se especializan ya sea en hacer jugadas en el agujero entre segunda y tercera o en evitar hits por el medio. Nomar ha lograDo convertirse en un maestro de ambas y también es muy bueno en ir por batazos rastreros y lentos. Si puede seguir evitando las lesiones y la gente empieza a ver más allá de sus logros al bate, puede ser que gane ese Guante Dorado.

De lo contrario, Nomar puede vivir sin esa distinción. Su vitrina de trofeos ya está rebosante. Además su manager y compañeros de equipo saben cuál es el marcador— no hay nadie más en el juego a quien preferirían tener allí fuera, cuando se necesita una jugada que salve el juego.

each season he felt exhausted. He began working with team trainers each winter and by 1996 he had added an additional 20 pounds (9 kilograms) of muscle to his wiry frame.

The Red Sox called up Nomar at the end of the 1996 season and made him their regular shortstop in 1997. He played brilliantly at bat and in the field, and was selected to participate in the All-Star Game. Nomar finished the season as the American League Rookie of the Year, and set a new record for RBIs by a leadoff hitter. He also led the league in hits, extra-base hits, putouts, total chances, and double plays—proving he did his job equally well with the bat and glove.

Nomar was even better in 1998. Night after night, he made the key defensive play or got the crucial hit. At times, he single-handedly kept the Red Sox in the pennant race. In September he turned his performance up another notch, and the Red Sox made the playoffs. Boston fans are still wondering why he was not named league MVP.

With Omar Vizquel in his prime, there was no way Nomar could win a Gold Glove. So instead he went out and won a batting title in 1999 with a .357 average. In 2000, he upped his average to .372 and won the batting championship again.

Nomar's batting prowess makes it easy to forget his defensive contributions. Red Sox fans, who get to watch him every day, will tell you that he saves almost as many runs as he drives in. Baseball experts will add that the infield on which Nomar performs is the most unpredictable in the majors. Yet he makes the tough plays, the easy plays, and the spectacular plays—and he makes them all look routine.

Most shortstops specialize either in making the play in the hole between second and third, or preventing hits up the middle. Nomar has mastered both, and he is great at charging slow rollers, too. If his body can stay injury-free and people start looking beyond his amazing hitting feats, he may just win that Gold Glove.

If not, Nomar can live with that. His trophy case is already overflowing. Besides, his manager and teammates know what the score is—there is no one else in the game they would rather have out there when a game-saving play has to be made.

LEFT: While a minor-leaguer, Nomar made the front page of BASEBALL AMERICA as a fielder, not a hitter.
RIGHT: Nomar can throw the ball from many different angles, but he always displays good form and balance.

A.L. ROOKIE OF THE YEAR — 1997

"Defender es lo que hago mejor".

— *Andruw Jones*

Toda generación tiene un jardinero cuya defensa sobresale de la de los demás. Al Kaline, Carl Yastrzemski, Paul Blair, Dave Winfield, Ken Griffey, Jr.—cada uno estaba un nivel por encima de sus colegas. El genio defensivo de esta generación es un joven llamado Andruw Jones.

Andruw nació y creció en la isla de Curaçao, frente a la costa de Venezuela. Su padre, Henry, fue uno de los más grandes beisbolistas del país y le enseñó a Andruw todo lo que sabía. Pronto el hijo era aún mejor que el padre, tenía un talento natural.

A los diez años, Andruw viajaba por el mundo con el equipo de menores nacional y pocos años después representaba a Curaçao en los Juegos Interamericanos. Cuando tenía 15 años ya era el mejor jugador de su país. Cazatalentos que habían escuchado acerca de él se sorprendían al verlo por primera vez. Esperaban un chico delgado y de talento crudo, pero encontraban un joven musculoso que sabía qué hacer en casi todas las situaciones.

Andruw escogió firmar con los Braves de Atlanta a los 16 años porque sus juegos podían verse en televisión por cable en Curaçao. En 1994 empezó su carrera en las ligas menores, en un equipo con otras figuras promisorias de Atlanta, incluidos Bruce Chen y Wes Helms. Aunque abrumado en ocasiones, tenía una ventaja sobre los otros muchachos que hablaban español: sus padres le habían enseñado ingles, así que no tenía problema en comunicarse con entrenadores y compañeros de equipo.

Tras su primera temporada profesional, Andruw fue elegido como uno de los diez mejores prospectos de las ligas menores. Después de la segunda, fue reconocido como el jugador del año de las ligas menores en 1995, gracias a una magnífica temporada con el equipo clase A de Macon Braves. Encabezó la liga Sur Atlántica con 56 bases robadas, 104 carreras anotadas y 332 outs. A los 18 años ya tenía habilidades defensivas de ligas mayores.

Contentos con su trabajo en el jardín, los Braves le dijeron que posiblemente pasaría otras temporadas más en las menores para pulir su bateo. Pensaron que estaría listo para las mayores en 1998 o 1999 pero para su sorpresa, Andruw destrozó los lanzamientos en todo nivel en 1996. Pegó .313 en la clase A, .369 en la doble A, y .378 en la triple A. Aunque Andruw seguía siendo un adolescente, no tenía a donde ir más que a las mayores.

Cuando los Braves sufrieron lesiones ese verano, fueron a las menores por ayuda y eligieron a Andruw de primero. Se unió al equipo en agosto, empujó una carrera en su primera vez al bate y jugó en todas las posiciones en los jardines hasta el fin de la temporada. En las eliminatorias contra los Cardinals de St. Louis, se convirtió en el jugador más joven en conseguir un jonrón en la postemporada.

Arriba: *Andruw evita el sencillo de un bateador contrario. Nadie mejor que él para atrapar batazos de línea.*
Derecha: *The Sporting News informaron a los seguidores algo que ya sabían los contrincantes de Andruw: es uno de los más peligrosos jugadores de postemporada del juego.*

¿Sabía Usted?

De bebé Andruw odiaba el béisbol y prefería perseguir iguanas en su patio trasero. Sin embargo, luego de ser mordido por una en el pecho ¡el béisbol comenzó a verse mucho mejor!

"Defense is what I'm best at doing."

— *ANDRUW JONES*

Every generation has one outfielder whose defense stands out from the rest. Al Kaline, Carl Yastrzemski, Paul Blair, Dave Winfield, Ken Griffey Jr.—each was a clear cut above the competition. This generation's defensive wizard is a young man by the name of Andruw Jones.

Andruw was born and raised on the island of Curaçao, off the coast of Venezuela. His father, Henry, was one of the country's greatest baseball players. He taught Andruw everything he knew, and soon the son was even better than the father. The boy was a natural.

By the age of 10, Andruw was traveling around the world with the national junior team; a few years later he represented Curaçao in the Latin American Games. By his 15th birthday, he was the best player in the country. Scouts who heard about Andruw were amazed when they first saw him. They expected a skinny kid with raw talent. Instead, they encountered a muscular young man who knew what to do in almost every situation.

> ## DID YOU KNOW?
>
> *Andruw hated baseball as a toddler. He preferred to chase iguanas in his backyard. When one bit him on the chest, however, baseball began looking a lot better!*

Andruw signed with the Atlanta Braves at the age of 16. He chose the Braves because their games were carried in Curaçao on cable TV. He began his minor-league career in 1994, on a team with other Atlanta prospects, including Bruce Chen and Wes Helms. Though overwhelmed at times, Andruw had an advantage over the other Spanish-speaking boys. His parents had taught him English, so he had no trouble communicating with his coaches and teammates.

After his first pro season, Andruw was chosen as one of the Top 10 prospects in all of minor-league baseball. After his second, he was hailed as 1995 Minor League Player of the Year. Andruw had a magnificent season for the Class-A Macon Braves. He led the South Atlantic League with 56 stolen bases, 104 runs scored, and 332 putouts. At the age of 18, he already possessed major-league defensive skills.

Happy with Andruw's outfield play, the Braves told him he would probably spend a few more seasons working on his hitting. They figured he would be ready for the majors sometime in 1998 or 1999. To their amazement, Andruw crushed the pitching at every level in 1996. He hit .313 at Class-A, .369 at Class-AA, and .378 at Class-AAA. Andruw, who was still a teenager, had nowhere left to go but the big leagues.

When the Braves ran into injury problems that summer, they looked to the minors for help. Andruw was the obvious choice. He joined the team in August, gunned down a runner at the plate in his first game, and played every outfield position right through the end of the season. In the playoffs against the St. Louis Cardinals, he became the youngest player ever to hit a postseason home run.

Big step for the Redskins ■ College football's best-kept secrets

The Sporting News

See a Different Game

Primed FOR THE Playoffs

Atlanta's Andruw Jones

sportingnews.com AOL keyword: TSN

OCTOBER 9, 2000

LEFT: *Andruw takes a single away from an enemy hitter. No one comes in on short line drives better than he does.*
RIGHT: *THE SPORTING NEWS tells fans something that Andruw's opponents already know: He is one of baseball's most dangerous postseason players.*

ANDRUW JONES — EL CHICO DE CURAÇAO

Andruw todavía era visto como un especialista en defensa por los Braves. Sin embargo tras el primer juego de la Serie Mundial en 1996 el resto del mundo pensó que se trataba de un pegador. En ese concurso, Andruw conectó un par de jonrones para convertirse en una sensación del béisbol. Los Braves perdieron la Serie Mundial pero Andruw fue recibido como un héroe nacional. Cuando volvió a casa había un gran letrero en el aeropuerto que decía "Bienvenidos a Curaçao, hogar de Andruw Jones".

Andruw tuvo subidas y bajadas en el plato durante 1997, pero siguió estableciéndose como el mejor jardinero defensivo de la Liga Nacional. En 1998,

ARRIBA: *La capacidad que tiene Andruw de cubrir las brechas significa que los Braves pueden utilizar jugadores más lentos en los jardines derecho e izquierdo.*
DERECHA: *Andruw es felicitado después del juego donde conectó dos jonrones contra los Yankees en la Serie Mundial de 1996.*

ganó su primer Guante Dorado y también se convirtió en un excelente bateador de potencia. En el 2000, Andruw tuvo una temporada que rompió con todas las anteriores: pegó .300 por primera vez en las ligas mayores, reventó 36 imparables, anotó 122 carreras y empujó otras 104. Algunas personas lo consideraban el mejor jugador completo en la liga.

Aunque pocos seguidores estarán en desacuerdo de considerar a Andruw como uno de los mejores jardineros de la liga, muchos piensan que es demasiado vistoso. Sí, Andruw es un jugador elegante. Le gusta hacer atrapadas indiferentes en "canasta" como el gran Willie Mays. Pero Andruw no está tratando de impresionar a nadie. En verdad disfruta lo que hace, ya sea atrapar un englobado de rutina o tirarse por un batazo de línea. De hecho, Andruw es tan pulido que a veces se olvida lo bueno que es.

Nadie en el béisbol tiene mejores instintos. En el momento en que el bate toca la bola, Andruw está tomando el camino más corto para llegar a donde caerá la pelota. De hecho atrapa hits a los que jardineros más veloces no llegarían ni cerca. El brazo de Andruw es tan fuerte y exacto como el de cualquiera, por lo que los corredores casi nunca tratan de avanzar cuando la pelota es golpeada hacia él. Básicamente no tiene igual y es posible que no tenga ningún punto débil en su juego.

Mientras Andruw gana experiencia y madurez será muy interesante ver qué tanto puede mejorar. Sigue luchando por consistencia al bate, pero la mayoría de expertos dicen que hay poco que pueda hacer para mejorar su desempeño defensivo.

GANADOR DEL GUANTE DE ORO — 1998–2001

Andruw was still viewed as a defensive specialist by the Braves. However, after Game One of the 1996 World Series, the rest of the world thought of him as a slugger. In that contest, Andruw hammered a pair of home runs and became a baseball sensation. The Braves lost the World Series, but Andruw was hailed as a national hero. When he returned home, a big sign at the airport read, "Welcome to Curaçao, Home of Andruw Jones."

Andruw had his ups and downs at the plate in 1997, but he continued to establish himself as the National League's best defensive outfielder. In 1998, he won his first Gold Glove and also blossomed into an excellent power hitter. In 2000, Andruw had a true "breakthrough" season. He hit .300 for the first time as a major leaguer, blasted 36 home runs, scored 122 runs, and drove in 104. Some were calling him the best all-around player in the league.

Although few fans would disagree that Andruw is baseball's finest outfielder, many think he is a little too flashy. Yes, Andruw is a stylish player. He likes to make nonchalant "basket" catches like all-time great Willie Mays. But Andruw is not trying to show anyone up. He truly enjoys what he does, whether catching a routine fly ball or diving for a line drive. Andruw is so smooth, in fact, that sometimes you forget just how good he is.

No one in baseball has better instincts. The moment bat meets ball, Andruw is taking the shortest path to the spot where he knows it will come down. Indeed, he catches hits that faster outfielders do not even get close to. Andruw's arm is as strong and accurate as anyone's, so runners rarely try to advance when the ball is hit his way. Basically, he has no equal, and there may not be a weak point in his game.

As Andruw gains more experience and maturity, it will be very interesting to see how much better he can play. He still strives for consistency with the bat, but most scouts say there is little more he can do to improve his defensive game.

LEFT: Andruw's ability to cover the gaps means the Braves can use slower players in left field and right field.
RIGHT: Andruw is congratulated after his two-homer game against the Yankees in the 1996 World Series.

GOLD GLOVE WINNER — 1998-2001

JAVY LÓPEZ — APRENDER EL IDIOMA

"Es difícil encontrar un receptor que además de sus habilidades defensivas pueda batear".

— DIRECTIVO BOBBY COX

Todos los peloteros que vienen de países hispanos saben que tarde o temprano deberán aprender inglés. Algunos aceptan el reto mientras otros tratan de evitarlo. Para un receptor, es imposible tener éxito profesional sin dominar el inglés primero. Javier López aprendió esta lección con dificultad.

Javy creció en Ponce, Puerto Rico, donde se convirtió en un gran atleta escolar. Era rápido, fuerte, listo y potente—cualidades que lo hacían sobresalir en béisbol, voleibol y atletismo. Cuando entró a la secundaria ya había varios cazatalentos que le habían puesto el ojo encima. En la escuela el desempeño de Javy era aceptable, pero lo que le interesaba verdaderamente eran los deportes y nunca puso su empeño en aprender inglés. Cuando los Braves de Atlanta firmaron un contrato con él un día después de cumplir 17 años y lo enviaron a los Estados Unidos, no estaba preparado en lo más mínimo para empezar su carrera detrás del plato.

Por primera vez, Javy tenía que comunicarse con lanzadores con nombres como Clark, Duncan, Parker y Yankovich—y tuvo dificultades. Su equipo apenas ganó 16 juegos en 1988 y parte de la culpa recayó en Javy que extrañaba su hogar y no podía trabajar con sus lanzadores. Para empeorar las cosas, bateó apenas .191 con un jonrón. En 1989 Javy jugó mejor pero sólo en 1990 comenzó a hablar inglés con claridad y confianza.

No es de sorprender que los siguientes tres años vieran a Javy batear, atrapar y lanzar tan bien como cualquiera en el sistema de los Braves, por fin se sentía parte del equipo. En 1992, bateó .321 para el equipo doble A de Greenville y sacó al 40 por ciento de los corredores que trataron de robar una base contra él. Cuando Atlanta necesitó un receptor de emergencia, llamaron a Javy quién bateó .375 en nueve juegos.

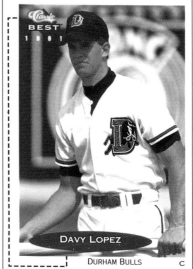

ARRIBA: *Javy no hablaba mucho inglés en 1991, cuando se imprimió esta tarjeta, pero probablemente notó que su nombre estaba mal escrito.*
DERECHA: *Javy bloquea el plato evitando que Jeff Bagwell de los Astros anote una carrera.*

Tras pasar otro año en las menores, Javy recibió el puesto titular en la temporada de 1994. Ser el receptor para Atlanta en los años 90 se consideraba como uno de los mejores puestos en el béisbol porque los Braves tenían lanzadores superestrella como Greg Maddux, Tom Glavine y John Smoltz. A los tres les gustaban los receptores confiados y que "se hicieran cargo" detrás del plato. ¡No era trabajo para un novato!

¿SABÍA USTED?

Cada año la ciudad de Ponce elige su Atleta del año. Javy ganó el premio de adolescente, todos los años entre 1984 y 1987.

Javy demostró sus capacidades cuando ayudó al equipo a llegar a las eliminatorias en 1995 con sus hits decisivos y recomendaciones inteligentes para los lanzamientos. En 12 juegos de postemporada consiguió dos jonrones y empujó nueve carreras. Los Braves, el peor equipo del béisbol cuando Javy firmó con ellos, ganaron su primera Serie Mundial desde los años 50.

Javy y los Braves volvieron a la Serie Mundial en 1996 y 1999. Llegó al equipo de las estrellas en dos ocasiones y se convirtió en un peligroso bateador de potencia. Y lo más importante todavía es que ahora Javy puede recomendar lanzamientos a sus pitchers tan bien como cualquiera en la liga.

Y, por supuesto, ahora Javy también habla un muy buen juego.

"It's hard to find a catcher who has his defensive skills and can really hit." — MANAGER BOBBY COX

Every ballplayer coming from a Spanish-speaking country knows that, sooner or later, he will have to learn English. Some welcome the challenge, while others dread it. For a catcher, success in the pros is impossible without mastering English first. Javier Lopez learned this lesson the hard way.

Javy grew up in Ponce, Puerto Rico, where he became a great schoolboy athlete. He was quick, strong, smart, and powerful—qualities that made him a standout in baseball, volleyball, and track and field. By the time he entered high school, several major-league scouts already had their eye on him. Javy did okay in school, but mostly he was into sports. He never really thought about learning English. So when the Atlanta Braves signed him the day after his 17th birthday and shipped him to the United States, he was totally unprepared to begin his career behind the plate.

DID YOU KNOW?

Each year, the city of Ponce names its Athlete of the Year. Javy won the award, as a teenager, each year from 1984 to 1987.

For the first time, Javy had to communicate with pitchers who had names like Clark, Duncan, Parker, and Yankovich—and he had a difficult time. His team won just 16 games in 1988, and much of the blame was placed on homesick Javy's inability to work with his pitchers. To make matters worse, he batted just .191 with one home run. Javy played better in 1989, but it was not until 1990 that he began to speak English clearly and confidently.

Not surprisingly, the next three years saw Javy hit, catch, and throw as well as anyone in the Braves' system. He finally felt like part of the team. In 1992, he batted .321 for Class-AA Greenville and threw out 40 percent of the runners who tried to steal against him. When Atlanta needed an emergency catcher, Javy got the call and hit .375 in nine games.

After spending one more year in the minors, Javy was awarded the regular job during the 1994 season. Catching for Atlanta in the 1990s was considered one of the best jobs in baseball, as the Braves had superstar pitchers Greg Maddux, Tom Glavine, and John Smoltz. All three liked a confident, "take-charge" catcher behind the plate. This was no job for a raw rookie!

Javy proved himself by helping the team reach the playoffs in 1995 with his smart pitch-calling and clutch hitting. In 12 postseason games he hit 2 homers and had 9 RBIs. The Braves, the worst team in baseball when Javy signed with them, won their first World Series since the 1950s.

Javy and the Braves returned to the World Series again in 1996 and 1999. He made the All-Star team twice, and became a dangerous power hitter. Most important, he now calls as good a game as anyone in the league.

And, of course, Javy now talks a pretty good game, too.

LEFT: *Javy did not speak much English when this card was printed in 1991, but he probably noticed that his name was spelled incorrectly.*
RIGHT: *Javy blocks the plate, preventing Jeff Bagwell of the Astros from scoring.*

LED N.L. IN ASSISTS — 1996

RAÚL MONDESI — EL BRAZO DE ORO

"Juego duro todo el tiempo porque así lo aprendí y porque el béisbol me ha dado mucho en la vida".

— *RAÚL MONDESI*

Cuando el jardinero derecho *Raúl Mondesi toma la pelota en sus manos y enfoca su mirada en las líneas que unen las bases, los corredores se quedan inmóviles. Nadie quiere probar su brazo— fuerte, exacto y mortal. Aún así, Raúl es más que un especialista en defensa: su bateo es explosivo y su correr entre bases excelente.*

Uno de seis hermanos criados por Martina Mondesi (su padre, Ramón, murió cuando Raúl tenía siete años), Raúl creció en San Cristóbal en la República Dominicana. Era un excelente jugador de basquetbol y béisbol, pero como estudiante no era muy bueno. Raúl lo admite con vergüenza, pero a veces la única razón para ir a la escuela eran los deportes.

ARRIBA: *Raúl atrapa un batazo de línea contra la cerca en el Dodger Stadium.*
DERECHA: *Raúl parece un retrato de potencia en su tarjeta de béisbol del 2001.*

En la primavera de 1988, Raúl fue a una audición que los Dodgers de Los Ángeles habían organizado en su campo de entrenamiento de Las Palmas. Los cazatalentos vieron su bateo vivo y su brazo poderoso sin poder creer sus ojos. El equipo firmó a Raúl y comenzó a pulir su talento en la Liga Dominicana de verano.

Raúl fue a los Estados Unidos en 1990 y ascendió rápidamente por el sistema de ligas menores de los Dodgers. A finales de 1991, jugaba para el equipo triple A de Albuquerque y aunque tenía las capacidades físicas para ser un jugador de ligas mayores, le hacía falta madurar. Esto se hizo evidente en 1992, cuando Raúl se puso rabioso al enterarse que un compañero de equipo con menos talento había sido convocado a Los Ángeles. Los Dodgers lo enviaron al equipo doble A de Bakersfield como castigo.

Ese invierno Raúl convenció al equipo de que estaba listo para dar el siguiente paso. Trabajó fuerte y se hizo titular en la selección de la República Dominicana en las Series Mundiales del Caribe. Después de un gran comienzo en Albuquerque en 1993, pudo saborear las grandes ligas por primera vez en julio. En 1994, se ganó la posición titular de jardinero derecho y fue reconocido como el novato del año de la Liga Nacional.

Raúl emocionó a los seguidores con su agresividad al bate y en defensa. Corredores contrarios lo suficientemente estúpidos como para probar su brazo pagaron el precio—en 1994 y 1995 sacó 16 corredores, el número más alto en la liga. En 1995 y 1996, Raúl ayudó a que los Dodgers llegaran a las finales y para 1997 todo el mundo lo comparaba con Roberto Clemente, miembro del Salón de la Fama.

Raúl se sentía honrado por la comparación y trató de encarnar la herencia de Clemente tanto dentro como fuera del campo. Trabajaba incansablemente para mejorar su bateo y habilidades defensivas, y daba generosamente tiempo y dinero a su país. Hoy, más de 500 niños en la "Liga Mondesi" de la República Dominicana tienen uniformes y equipos gracias a él.

¿SABÍA USTED?

El primer directivo de Raúl en las ligas mayores, Tom Lasorda (miembro del Salón de la Fama), lo considera uno de los jardineros que mejor lanzan entre los que ha visto en sus 50 años en el béisbol. Lasorda dice que Raúl está allí arriba con Roberto Clemente, Carl Furillo y Rocky Colavito.

Con más de 1,000 hits, 200 jonrones, 150 bases robadas y un par de Guantes Dorados, Raúl se ha convertido en uno de los mejores y más completos jugadores del béisbol. Ya sea conectando jonrones a la izquierda o sacando corredores desde la derecha, hace que el precio de la boleta valga la pena cada vez que juega.

GANADOR DEL GUANTE DE ORO — 1995 Y 1997

"I play hard all the time because that is how I was taught to do it, and because baseball has given me so much in my life." — *RAUL MONDESI*

When right fielder Raul Mondesi grips the baseball in his hand and focuses his gaze on the basepaths, runners stop dead in their tracks. No one wants to test his arm—it is strong, it is accurate, and it is deadly. Yet Raul is more than just a defensive specialist. His bat is explosive and his baserunning is superb.

One of six children raised by Martina Mondesi (his father, Ramon, died when Raul was 7), Raul grew up in San Cristobal in the Dominican Republic. He was an excellent basketball and baseball player, but not much of a student. Raul is embarrassed to admit it, but sometimes he only went to school because he wanted to play sports.

DID YOU KNOW?

Raul's first major-league manager, Hall of Famer Tom Lasorda, ranks him among the best-throwing outfielders he has seen during his 50 years in baseball. Lasorda says Raul is right up there with Roberto Clemente, Carl Furillo, and Rocky Colavito.

In the spring of 1988, Raul attended a tryout the Los Angeles Dodgers were holding at their Campo Las Palmas training facility. The scouts watched his live bat and powerful arm and could not believe their eyes. The team signed Raul and started polishing his talent in the Dominican Summer League.

Raul went to the United States in 1990 and rose quickly through the Dodgers' minor-league system. By the end of 1991, he was playing for Class-AAA Albuquerque. Raul had the physical skills to be a major-leaguer, but he still lacked maturity. This became clear in 1992, when a less-talented teammate was called up to Los Angeles and Raul went into a wild rage. The Dodgers sent him to Class-AA Bakersfield as punishment.

That winter Raul convinced the team he was ready to take the next big step. He worked hard and starred for the Dominican Republic in the Caribbean World Series. After a hot start at Albuquerque in 1993, he got his first taste of the big leagues in July. In 1994, Raul won the starting right-field job and was named National League Rookie of the Year.

Raul thrilled the fans with his aggressiveness at bat and in the field. Enemy runners stupid enough to test his arm paid a heavy price—in 1994 and again in 1995 he gunned down a league-high 16 runners. In 1995 and 1996, Raul helped the Dodgers reach the playoffs, and by 1997 everyone was comparing him to Hall of Famer Roberto Clemente.

Raul was honored by the comparison, and tried to live up to Clemente's legacy both on and off the field. He worked tirelessly to improve his hitting and fielding skills, and gave generously of his time and money back home. Today, more than 500 children in the Dominican Republic's "Mondesi League" have uniforms and equipment thanks to Raul.

With more than 1,000 hits, 200 home runs, 150 stolen bases, and a pair of Gold Glove awards, Raul has established himself as one of baseball's best all-around players. Whether launching homers to left or gunning down base runners from right, he gives the fans their money's worth every time he plays.

LEFT: *Raul snags a long drive against the fence at Dodger Stadium.*
RIGHT: *Raul is a picture of power in his 2001 baseball card.*

REY ORDÓÑEZ — EL GENIO

"Encabezará la liga en ovaciones apasionadas".

—JOE MCILVAINE, ANTIGUO DIRECTOR GENERAL DE LOS METS

Ningún shortstop del presente—tal vez nadie en la historia—hace la jugada en el "agujero" mejor que Rey Ordóñez. Yéndose hacia su derecha, se resbala en una rodilla y luego rebota hacia arriba mientras atrapa la pelota desde atrás. Con el impulso que ya ha tomado hacia primera base, dispara la pelota con un movimiento rápido para sacar al sorprendido corredor. En una carrera definida por innumerables gemas defensivas, su jugada personal es la más brillante de la corona.

Y es una corona que lleva con un orgullo tremendo, porque ha pasado literalmente de mendigo a millonario. Hace dos décadas, cuando su madre murió, Rey era el menor de siete hermanos viviendo en El Cerro, un barrio bajo en La Habana, en Cuba. Su padre trabajaba en construcción pero a menudo no tenía suficiente para comprar la comida y ropa necesaria para su familia. "Éramos realmente pobres", dice Rey. "Teníamos poco".

Rey encontró, como muchos jóvenes cubanos, una forma de escapar sus problemas: el diamante de béisbol. Era un buen deporte para él porque si bien no era muy grande, tenía rapidez, coordinación y una gran imaginación. Si no podía hacer una jugada que muchachos más fuertes sí podían, lograba encontrar nuevas formas de hacerla. Rey se formó a imagen de Rodolfo Puente, uno de los mejores shortstops de La Habana. Al cumplir los 20 años, Rey hacía parte del equipo nacional de Cuba.

En el verano de 1993, mientras Cuba participaba en los Juegos Mundiales Universitarios en Buffalo, Nueva York, Rey desertó. Los Mets de Nueva York se quedaron con él en una "lotería" especial y llegó a ser su shortstop titular en 1996. Rey era el jugador de cuadro más sorprendente que jamás se hubiera visto, convertía hits en outs casi todos los días y evitó muchas carreras a su equipo. Los espectadores temían dejar sus asientos porque nunca sabían cuándo Rey iba a hacer algo que nadie había hecho antes. Rey ganó el Guante de Oro en todas las temporadas entre 1997 y 1999.

Su buena racha terminó en 2000, cuando se rompió el brazo al intentar un rebuscado ponche con el brazo hacia atrás a un corredor que se deslizaba. Con los Mets camino a las playoffs, esperaba que le pudieran retirar el yeso para alcanzar a estar en la alineación titular. Pero el brazo no sanó correctamente y Rey debió quedarse el resto del año sin jugar. Apoyó a sus compañeros de equipo desde la banca y los vio llegar a la Serie Mundial contra los Yankees—¡una Serie del Subway!—pero los Mets perdieron en cinco juegos. Quedó con la duda, tal vez él habría hecho la diferencia.

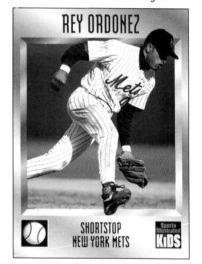

ARRIBA: *Si hay alguien que podría salir de su tarjeta de béisbol, esa persona es Rey Ordóñez. Hay pocas cosas que no estén a su alcance con un guante en su mano.*
DERECHA: *Rey parece un superheroe cuando, con un sólo movimiento, atrapa y luego lanza una rola.*

¿SABÍA USTED?

Rey bromea diciendo que de muchacho se hizo shortstop por equivocación —no le importaba la posición donde jugara mientras pudiera participar. "La primera vez que me sacaron al campo para jugar", dice riéndose, "¡ni siquiera sabía cómo se llamaba la posición!"

Aunque el bateo de Rey mejoró continuamente entre 1998 y el 2000, la afición estuvo presionando al equipo para que firmara al agente libre Álex Rodríguez como shortstop en el 2001. "A-Rod" es un bateador tremendo y un defensor sólido, pero sólo puede soñar con hacer las jugadas que Rey consigue cada día, así que los Mets dijeron "Ni modo" y le mantuvieron el puesto abierto a Rey hasta que se recuperara. Hubiera sido bueno agregar otro buen bate a la alineación, pero el equipo sabía que tenía un genio defensivo de aquellos que sólo se presentan una vez en la vida. Y eso es algo que no se puede remplazar.

GANADOR DEL GUANTE DE ORO — 1997-1999

"He'll lead the league in standing ovations."

— JOE MCILVAINE, FORMER METS GM

No shortstop today—maybe no one ever—makes the play in the "hole" better than Rey Ordoñez. Ranging far to his right, he skids on one knee, then bounces up as he backhands the ball. With his momentum already directed toward first base, he fires the ball with a quick snap to retire the bewildered runner. In a career defined by countless fielding gems, this signature play is the jewel in Rey's defensive crown.

It is a crown he wears with tremendous pride, for he has literally gone from pauper to prince. Two decades ago, when his mother died, 8-year-old Rey was the youngest of seven children living in the El Cerro slums of Havana, Cuba. His father worked in construction but often did not have enough to buy enough food and clothing for his family. "We were really poor," Rey says. "We didn't have much."

DID YOU KNOW?

Rey jokes that, as a boy, he became a shortstop by mistake—he didn't care where he played, as long as he played. "The first time they put me out there to play," he laughs, "I didn't even know what the position was called!"

Rey found an escape from his troubles as many young Cubans do: on the baseball diamond. It was a good sport for him. Although he was not very big, he had quickness, coordination, and a great imagination. If he could not make a play the way stronger boys did, he would find a new way to make it. Rey modeled himself after Rodolfo Puente, one of Havana's best shortstops. By his 20th birthday, he was a member of the Cuban National Team.

During the summer of 1993, while Cuba was participating in the World University Games in Buffalo, New York, Rey defected to America. He was claimed by the New York Mets in a special "lottery," and became their everyday shortstop in 1996. Rey was the most amazing infielder anyone had ever seen. He turned hits into outs almost every day, and saved the team many runs. Fans were afraid to leave their seats because they never knew when Rey would do something no one had ever done before. From 1997 to 1999, he won the Gold Glove each season.

Rey's streak ended in 2000, after he attempted a fancy backhanded "sweep tag" on a sliding runner and broke his arm. With the Mets headed for the playoffs, he hoped that the cast would come off in time for him to get back in the lineup. But the arm did not heal properly and Rey had to sit out the rest of the year. Rey watched from the bench as the Mets made it all the way to the World Series, where they lost to the Yankees in five games. He wondered if he might have made a difference.

Although Rey's hitting steadily improved from 1998 to 2000, fans pressed the team to sign free agent Alex Rodriguez to play shortstop in 2001. "A-Rod" is a tremendous hitter and solid defender, but he can only dream about the plays Rey makes every day. The Mets said "No way," and held the job open for Rey until he was healthy enough to claim it. It would have been great to add another big bat to the lineup, but the team knew it had a once-in-a-lifetime defensive genius. And that is someone you cannot afford to lose.

LEFT: *If anyone could step right out of his own baseball card, it would be Rey Ordoñez. There is little he cannot accomplish with a glove on his hand.*
RIGHT: *Rey looks like a superhero as he fields and throws a slow roller in one motion.*

GOLD GLOVE WINNER — 1997–1999

"Simplemente me divierto jugando béisbol".

— *NEIFI PÉREZ*

Cuando los jugadores latinos comenzaron a llenar las alineaciones de las ligas mayores, a menudo eran retratados como niños felices y con suerte que no sentían ni pensaban con la misma profundidad de los jugadores estadounidenses. Agradecidos por la oportunidad de vivir del béisbol, la mayoría replicaba esta imagen cómica. Ahora, por supuesto, todo el mundo se da cuenta de lo degradante que era el estereotipo.

Por eso los seguidores del presente en ocasiones no saben qué pensar de Neifi Pérez, porque Neifi, verán, realmente parece feliz y despreocupado cada vez que pisa un diamante. De hecho, se puede decir con tranquilidad que nadie en el béisbol de hoy goza más jugando.

Neifi no es para nada un tonto chico campesino. Nacido en las afueras de Santo Domingo en la República Dominicana, fue el menor de ocho hermanos criados por dos padres dedicados, trabajadores y religiosos, Francisco y Paula, quienes se aseguraron que sus hijos comieran y vistieran bien, fueran respetuosos y tuvieran buenas notas en la escuela.

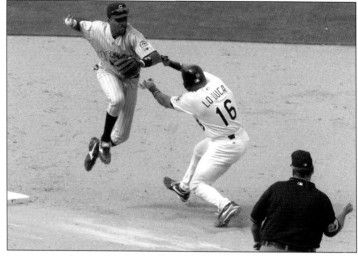

ARRIBA: *Neifi se deshace de la pelota antes de que Paul Lo Duca de los Dodgers choque contra él.*
DERECHA: *Nada complace más a Neifi que un doble play bien terminado.*

Como sus hermanos y hermanas, Neifi era motivo de orgullo para sus padres. Pero a diferencia de ellos, era además un gran atleta. Consiguió la posición de guardia–punta en el equipo juvenil de basquetbol nacional y jugó de shortstop como Tony Fernández, un héroe de todos los muchachos en la isla. Cuando cumplió 16 años era lo suficientemente bueno como para volverse profesional, pero Francisco le exigió acabar la escuela primero.

Neifi se graduó en 1992 y recibió ofertas de los A's de Oakland y los Blue Jays de Toronto. El equipo de los Rockies de Colorado, que preparaba su primera temporada en las mayores, le dijo que lo harían ascender mucho más rápido que otros clubes. Firmó con Colorado y comenzó en el equipo clase A de los Rockies la siguiente primavera.

El béisbol en Estados Unidos era todo lo que Neifi había soñado—duro, emocionante, asustador y divertido. Adoró cada minuto de su paso por las menores mientras subía rápidamente. Mientras tanto los Rockies trabajaban para mejorar su abanicar intermitente y para controlar sus tremendas habilidades defensivas. A finales de 1997, era el shortstop titular del equipo.

¿SABÍA USTED?

En sus primeras tres temporadas completas, ningún shortstop en el béisbol manejó más chances. En el 2000, ganó el Guante de Oro por su excelencia como defensa.

En 1998, Neifi encabezó los shortstops de la Liga Nacional en asistencias y ponches. Lo mismo sucedió en 1999. Neifi también empató a la cabeza de la Liga Nacional en triples y disparó una docena de jonrones. En el 2000, tuvo otro gran año en el campo y al bate, convirtiéndose en el mejor pegador de triples en la historia del club. A mediados del 2001, se unió a los Royals de Kansas City como parte de un intercambio de grandes talentos.

Así que ahora se sabe por qué ríe Neifi Pérez ... y por qué sus seguidores sonríen de oreja a oreja.

"I just have fun playing baseball."

— NEIFI PEREZ

When *Latino players first began filling major-league rosters, they were often portrayed as simple, happy-go-lucky children who did not think or feel with the same depth American players did. Grateful for the chance to earn a living at baseball, most played along with this comical image. Now, of course, everyone realizes how demeaning this stereotype was.*

That is why fans sometimes don't quite know what to make of Neifi Perez. Neifi, you see, really *does* seem to be happy and carefree every time he steps on a baseball diamond. In fact, it is safe to say that no one in the game gets more joy from playing.

Neifi is hardly a dim-witted country boy. Born just outside Santo Domingo in the Dominican Republic, he was the youngest of eight children raised by two hardworking, religious, and dedicated parents, Francisco and Paula. They made sure their children ate and dressed well, had good manners, and excelled in school.

Like his brothers and sisters, Neifi made his parents proud. Unlike his siblings he was a great athlete, too. He manned the point-guard position for the country's junior basketball team, and played shortstop like Tony Fernandez, a hero of every boy on the island. By the time Neifi was 16, he was good enough to turn pro. But Francisco demanded that he finish high school first.

DID YOU KNOW?

In Neifi's first three full seasons, no shortstop in baseball handled more chances. In 2000, he was awarded the Gold Glove for fielding excellence.

Neifi graduated in 1992 and received offers from the Oakland A's and Toronto Blue Jays. The Colorado Rockies, a new major-league team preparing to start its first season, told Neifi they would move him along much faster than other clubs. He signed with Colorado and began with the Rockies' Class-A team the following spring.

Baseball in America was everything Neifi dreamed it would be—hard, exciting, scary, and fun. He adored every minute of his time in the minors, as he rose steadily toward the majors. The Rockies, meanwhile, worked to smooth out his choppy swing and tried to harness his tremendous defensive abilities. By the end of 1997, he was the team's everyday shortstop.

In 1998, Neifi led National League shortstops in putouts and assists. He led the league in these categories again in 1999. Neifi also tied for the N.L. lead in triples, and blasted a dozen home runs. In 2000, he had another great year in the field and at the plate, becoming the club's all-time leader in three-base hits. Midway through 2001, he joined the Kansas City Royals as part of a blockbuster trade.

So now you know why Neifi Perez is smiling ... and why his fans are grinning from ear to ear.

LEFT: *Neifi gets rid of the ball before Paul Lo Duca of the Dodgers smashes into him.*
RIGHT: *Nothing pleases Neifi more than a well-turned double play.*

NEIFI PEREZ — THE HAPPY ONE

JORGE POSADA — EL GRAN CAMBIO

"Mi padre fue el primero en decir, 'Vas a terminar detrás del plato'". — JORGE POSADA

Imagínese a un receptor con el brazo fuerte de un shortstop y las manos y los pies rápidos de un segunda base. Hasta cuando Jorge Posada llegó eso era todo lo que se podía hacer—imaginárselo—porque ningún jardinero corto que hubiera pasado a receptor había llegado a las ligas mayores.

Su padre, Jorge, Sr., fue quien le recomendó pasarse a receptor y quien lo hizo comenzar a batear desde ambos lados del plato cuando tenía siete años. A finales de los años 50 el padre de Jorge y su tío Leo eran dos de los mejores jugadores jóvenes de Puerto Rico. Leo incluso llegó a las mayores y ambos siguen activos en el presente como instructores y cazatalentos.

Jorge creció como shortstop; le encantaba el juego, tenía una gran actitud y se daba cuenta de cosas que pasaban desapercibidas para otros muchachos en medio de la batalla. Los Yankees de Nueva York lo reclutaron tras graduarse de secundaria en 1990, pero prefirió aceptar una beca de una pequeña universidad en Alabama. El inglés de Jorge no era muy bueno y se sentía miserable en el Sur. Se unió a los Yankees en el verano de 1991 y comenzó a jugar como segunda base.

Ese otoño, los Yankees le comunicaron a Jorge lo mismo que su padre ya había dicho: que haría un receptor excelente. Tenía una buena cabeza para el juego y sus talentos estaban siendo desperdiciados en segunda base. Jorge comenzó a jugar de receptor inmediatamente y lo hizo tan bien que varios equipos trataron de hacer un intercambio por él.

Jorge se unió a los Yankees por unos pocos juegos al final de las temporadas de 1995 y 1996. En 1997, fue elegido como el suplente del veterano Joe Girardi quien fue un gran maestro para él. Girardi le enseñó a buscar signos de debilidad en los bateadores y, lo que es más importante, a trabajar con cada uno de los lanzadores de los Yankees.

Los Yankees anunciaron que dividirían en dos el puesto de receptor en 1998. Jorge, jugando sobre todo contra lanzadores derechos, terminó con 17 jonrones. La formación de lanzadores de los Yankees ganó 114 juegos en 1998, en la mayoría de esas veces Jorge se encontraba detrás del plato. Estaba listo para tomar la posición tiempo completo.

ARRIBA: A pesar de todo el aparataje de receptor, en ocasiones Jorge sigue pareciendo un shortstop.
DERECHA: El excelente equilibrio de Jorge le permite atrapar fouls escurridizos que se le escaparían a otros receptores.

El primer año como receptor titular lo tomó por sorpresa. Jugar todos los días lo cansaba y eso se notaba en un promedio de bateo bajo y en un montón de pelotas lanzadas por los pitchers que se le pasaban. A los Yankees no les preocupó demasiado porque Jorge siguió lanzando bien y a los pitchers les encantaba la forma en que pedía lanzamientos. Además el equipo ganó por segundo año consecutivo la Serie Mundial.

Sólo hasta la segunda mitad de 1999 Jorge comenzó a tener todo en orden y para el 2000 ya había desarrollado relaciones especiales con todos los lanzadores y su bateó despegó realmente. Reventó 28 jonrones, sacó 107 bases por bola y fue elegido como el mejor catcher de la Liga Americana por *The Sporting News.*

En la actualidad Jorge es uno de los jugadores más valioso del béisbol y atribuye todo su éxito a su nueva posición. "De no haber cambiado de posición", dice, "probablemente ahora mismo estaría trabajando en Puerto Rico".

¿SABÍA USTED?

Sólo otro receptor de los Yankees, el miembro del Salón de la Fama Yogi Berra, ha conseguido más jonrones que los pegados por Jorge en el 2000.

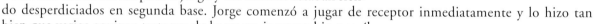
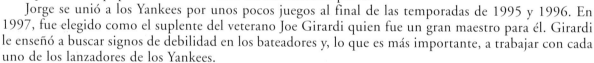

"My dad was the first one who said, 'You're going to end up behind the plate.'"
— *JORGE POSADA*

*I*magine a catcher with the powerful arm of a shortstop and the quick feet and hands of a second baseman. Until Jorge Posada came along, that is all you could do—imagine— because no middle infielder had ever switched to catcher and made it to the major leagues.

Jorge was advised to move to catcher by his father, Jorge Sr.—the same man who made him start switch-hitting at the age of seven. In the late 1950s, Jorge's father and uncle Leo were two of the best young players in Puerto Rico. Leo even made it to the majors, and both are still active in coaching and scouting today.

Jorge grew up as a shortstop. He loved the game, had a great attitude, and noticed things during the heat of battle the other boys did not. The New York Yankees drafted Jorge after he graduated from high school in 1990, but he chose instead to accept a scholarship from a small college in Alabama. Jorge's English was not very good, and he was miserable in the South. He joined the

DID YOU KNOW?

Only one other Yankee catcher, Hall of Famer Yogi Berra, has hit more home runs in a season than Jorge did in 2000.

Yankees in the summer of 1991, and they moved him to second base.

That fall, the Yankees told Jorge the same thing his father had: He would make an excellent catcher. He had a great head for the game, and his talents were being wasted at second base. Jorge took to catching immediately. He was so good that several teams tried to trade for him.

Jorge joined the Yankees for a few games at the end of the 1995 and 1996 seasons. In 1997, he was given the backup job behind veteran Joe Girardi. Girardi was a great teacher. He explained to Jorge how to look for things in a batter that would give away his weaknesses. More important, he taught him how to work with each of the Yankees' pitchers.

The Yankees announced that they would split the catching job down the middle in 1998. Jorge, playing mostly against right-handed pitching, finished with 17 home runs. The Yankee pitching staff won 114 games in 1998, and most of those wins came with Jorge behind the plate. He was ready to take over the full-time job.

In his first year as a regular catcher, Jorge was "caught" by surprise. Playing every day tired him out, and this showed in a low batting average and a lot of passed balls. The Yankees were not too concerned, because Jorge continued to throw well and the pitchers loved how he called a game. Besides, the team won the World Series for the second year in a row.

It took Jorge until the second half of 1999 to start putting it all together. By 2000, he had developed special relationships with each pitcher, and his hitting really came around. He blasted 28 home runs, drew 107 walks, and was named the American League's top catcher by *The Sporting News*.

Jorge is now one of the most valuable players in baseball. He credits all of his success to his new position. "If I hadn't been switched," he says, "I'd probably be working some job in Puerto Rico right now."

LEFT: *Despite all of his catching gear, sometimes Jorge still looks like a shortstop.*
RIGHT: *Jorge's excellent balance helps him catch twisting foul balls that other catchers might miss.*

ALL-STAR CATCHER — 2000 & 2001

ÉDGAR RENTERÍA — *TRANQUILO BAJO PRESIÓN*

"Es algo especial".

— JOHN BOLES, ANTIGUO DIRIGENTE

Los seguidores se preguntan a menudo cómo los jugadores jóvenes logran resistir la increíble tensión de los juegos en el campeonato de béisbol. Para muchos la respuesta es simple: la pobreza, las condiciones duras y los obstáculos que debieron superar para llegar a las ligas mayores hacen que los retos cotidianos del béisbol parezcan fáciles. Tal vez esto explique la capacidad de Édgar Rentería para mejorar su desempeño cuando la presión llega al máximo.

Nacido en Colombia en el verano de 1975, Édgar y sus siete hermanos y hermanas crecieron en un país en guerra contra sus propios criminales y narcotraficantes. De por sí es difícil mantener una familia bajo estas condiciones, pero cuando su padre murió en los años 80 su madre necesitó la ayuda de todos sus hijos y Édgar fue a trabajar en un puesto de frutas y pescados.

Mientras Édgar conseguía unos pocos centavos al día, soñaba con llegar a ser una estrella del fútbol, tenía facilidad para hacer buenos pases y anotar goles. También ensayó jugar béisbol porque la ciudad de Barranquilla, donde nació, es uno de los pocos lugares en Colombia donde el juego se practica ampliamente. A pesar de su contextura menuda, tenía un brazo fuerte y bateaba con sorprendente potencia.

ARRIBA: *Édgar atrapa muchas pelotas rastreras. Para él es importante saber cuándo puede tratar una gran jugada y cuándo quedarse con la pelota. Aquí decide no lanzarla a primera base.*
DERECHA: *Édgar parece un chiquillo en su tarjeta de las ligas menores. Tenía apenas 17 años cuando se tomó la fotografía.*

Cerca de sus 16 años, cuando jugaba en un tornamento, un cazatalentos de los Marlins de la Florida lo vio. Los Marlins, un equipo en crecimiento, apenas comenzaba a construir su sistema de siembra y necesitaban el talento crudo, Édgar parecía poder llegar a ser un jugador decente y firmó con el equipo unos meses después.

A diferencia de muchos muchachos, Édgar no tenía miedo de dejar su casa. Un hermano mayor, Edison, había jugado en las ligas menores con los Astros y a juzgar por lo que él contaba jugar béisbol en Estados Unidos sonaba como un buen reto. Édgar ascendió a buen paso por el sistema de la Florida, mostrando una confianza reposada que lo hacía resaltar aún cuando sus estadísticas no eran buenas. A los 19 años ya había llegado al equipo Doble A de los Sea Dogs de Portland y en 1995 fue elegido por votación como el jugador de ligas menores del año de los Marlins.

Un par de meses después del comienzo de la temporada de 1996, Édgar recibió la llamada de los Marlins. Tras tomar el puesto de shortstop titular sorprendió a todo el mundo al batear mejor en las ligas mayores que en las menores. En 1997, Édgar siguió mejorando como los Marlins. Ese año entraron a los playoffs como el equipo comodín y sorprendieron a los Giants y Braves quedándose con el título de la Liga Nacional.

La Serie Mundial entre los Marlins y los Indians de Cleveland se decidió en la última entrada del séptimo juego. Era la parte baja de la undécima entrada y llegaba el turno de Édgar, había dos outs y un jugador en tercera. Con tranquilidad bateó un sencillo por el medio para darle a la Florida el campeonato mundial y fue sacado del campo en hombros de sus compañeros de equipo. En la actualidad Édgar es uno de los

¿SABÍA USTED?

Édgar fue nombrado Hombre del año en Colombia tras ganar la Serie Mundial de 1997 y recibió la Cruz de San Carlos —el honor más grande que otorga su país— de manos del Presidente Ernesto Samper.

mejores y más completos shortstops del juego y no importa lo que necesite su equipo —gran defensa, bateo decisivo, potencia jonronera o robar bases— ha demostrado que él puede conseguirlo.

¿Y cómo ha cambiado la vida en Colombia para Édgar? Ahora enfrenta una nueva clase de presión. "En casa soy como lo que Michael Jordan es acá", dice con una sonrisa.

ENCABEZÓ LA L.N. EN PONCHES — 1997

"He's something special."

— JOHN BOLES, FORMER MANAGER

Fans often wonder how young players can possibly stand the incredible tension of championship baseball games. For many, the answer is simple: The poverty, hardship, and obstacles they over-come to reach the big leagues makes the everyday challenges of baseball seem easy. Perhaps this explains Edgar Renteria's ability to elevate his performance when the pressure is greatest.

Born in Colombia during the summer of 1975, Edgar and his seven brothers and sisters grew up in a country at war with its own criminals and drug dealers. It is difficult enough to raise a large family under these conditions, but when his father died in the 1980s his mother needed all the children to pitch in. Edgar went to work at a fruit and fish stand.

> ### DID YOU KNOW?
>
> *Edgar was named Man of the Year in Colombia after winning the 1997 World Series, and received the San Carlos Cross—his nation's highest honor—from President Ernesto Samper.*

While Edgar toiled for a few cents a day, he dreamed of becoming a soccer star. He had a knack for making great passes and scoring big goals. He also tried his hand at baseball, as his hometown of Baranquilla is one of the few places in Colombia where the game is widely played. Despite his slight build, he had a strong arm and hit with surprising power.

Around his 16th birthday, Edgar was playing in a tournament when a scout for the Florida Marlins saw him. The Marlins, an expansion club, had just begun building their farm system. They needed raw talent, and Edgar looked like he might develop into a decent player. He signed with the team a few months later.

Unlike many boys, Edgar was not scared about leaving home. An older brother, Edison, had played minor-league ball with the Astros, and from what he said it sounded like a good challenge. Edgar rose steadily through the Florida system, displaying a cool confidence that made him stand out even when his statistics were not good. By the age of 19, he had reached Class-AA with the Portland Sea Dogs and was voted the Marlins' 1995 Minor League Player of the Year.

A couple of months into the 1996 season, Edgar got the call from the Marlins. He took over as the regular shortstop and astounded everyone by hitting better against major-leaguers than he had against minor-leaguers. In 1997, Edgar continued to improve, and so did the Marlins. They won a Wild Card berth in the playoffs and proceeded to upset both the Giants and the Braves to take the National League pennant.

The World Series between the Marlins and Cleveland Indians went down to the final inning of the seventh game. In the bottom of the 11th, Edgar came up with two outs and a runner on third. He coolly rapped a single up the middle to give Florida the world championship, and was carried off the field on his teammates' shoulders. Edgar is now one of the best all-around shortstops in baseball. Whatever his team needs—great fielding, clutch hitting, home-run power, or stolen bases—he has shown he can deliver.

So how has life changed in Colombia for Edgar? Now he faces a whole new kind of pressure. "Back home I am like Michael Jordan is here," he smiles.

LEFT: Edgar gets to a lot of ground balls. It is important for him to know when to try for a great play, and when to "eat" the ball. Here he decides not to go for the play at first base.
RIGHT: Edgar looks like a little kid in this minor-league baseball card. He was only 17 when the photo was taken.

EDGAR RENTERIA
BREVARD COUNTY MANATEES
SS

"El hombre atrapa todo, y su brazo, tiene un impacto en toda la mentalidad del juego".

— *DARREN OLIVER, COMPAÑERO DE EQUIPO*

Los corredores no le roban las bases a los receptores sino a los lanzadores. Un pitcher que se mueva lentamente hacía home le da pocas posibilidades a su catcher de que saque a un corredor veloz. Sin embargo, esto no quiere decir que un receptor simplemente deje que el enemigo se robe la base. Iván Rodríguez se ha convertido en un maestro de este juego del gato y el ratón, y en el proceso ha llegado a ser el más grande parador defensivo de su generación.

Iván nació y creció en Puerto Rico, donde su padre, José, había sido en su juventud un buen jugador. José le enseño los rudimentos de batear y lanzar en el patio trasero de su casa y para cuando se unió al equipo local infantil ya era un bateador poderoso y un lanzador fuerte y exacto. El entrenador de Iván lo hizo lanzador y se convirtió en el mejor de la liga. "Nadie podía tocar mis rectas rápidas", presume Iván.

Los hombres en la familia de Iván no eran muy altos así que sabía que no iba a crecer lo suficiente para ser un lanzador profesional. Una decepción, porque a Iván le encantaba estar involucrado en todas las jugadas. Su padre le sugirió tratar la posición de receptor y poco tiempo después era el mejor. Los Rangers de Texas habían escuchado acerca de Iván desde cuando tenía 15 años y un cazatalentos fue a observarlo, le apuntó un radar-pistola (que normalmente se usa para calcular la velocidad de los lanzamientos) a uno de sus lanzamientos a segunda y con sorpresa vio que indicaba 90. El equipo firmó con él y se fue a su primer entrenamiento de primavera en 1989, a los 17 años.

ARRIBA: *Iván, quien todavía era un adolescente, posa para su tarjeta de ligas menores en 1991.*
DERECHA: *En ocasiones todo lo que Iván necesita es mirar intensamente el camerino enemigo para detener el juego de carreras del oponente.*

Iván llegó en un momento en que los corredores iban como locos entre las bases. Los equipos apenas comenzaban a enseñar a los lanzadores a sacar corredores de primera y a mantenerlos ahí. A Iván lo enloquecía no poder sacar a los jugadores que robaban bases y decidió hacer algo al respecto.

Comenzó a enviar la pelota a primera después de recibirla del lanzador y agarró a un número tremendo de oponentes "dormidos". Quienes robaban bases solían observar al pitcher durante un par de lanzamientos y aumentar la distancia entre ellos y la base cada vez, pero preocupados por el brazo de Iván, se quedaban un poco más cerca de base y no se acercaban tanto a segunda. O a veces salían corriendo en el primer lanzamiento sin importar si tenían un buen salto o no. Como fuera, Iván ahora tenía la ventaja—había ganado esa fracción extra de segundo que necesitaba para sacarlos. Los Rangers estaban emocionados con sus proezas detrás del plato y además estaban complacidos con su bateo.

Cuando cumplió 19 años ya estaba listo para las mayores. Parecía una locura promover un receptor tan joven—en realidad nunca se había hecho antes—pero Iván demostró inmediatamente que podía manejarlo y se convirtió en la comidilla de béisbol más adelante ese año cuando Rickey Henderson decidió probar su brazo e Iván logró sacarlo por un par de yardas.

¿SABÍA USTED?

Tras su primer juego en las ligas mayores Iván respondía preguntas de reporteros al frente de su casillero. Cuando una periodista le hizo una pregunta se puso rojo y salió corriendo a las duchas. No se había dado cuenta que las mujeres podían entrar a los camerinos y estaba prácticamente desnudo. ¡Bienvenido a las grandes ligas, chico!

"The man catches everything, and his arm, it impacts the entire mentality of the game."

— TEAMMATE DARREN OLIVER

Base runners do not steal on catchers, they steal on pitchers. A pitcher with a slow move to home plate gives his catcher little chance of throwing out a speedy runner. However, this does not mean that a catcher just lets enemy runners steal. Ivan Rodriguez has become a master at this cat-and-mouse game, and in the process has become known as the greatest defensive backstop of his generation.

Ivan was born and raised in Puerto Rico, where his father, Jose, had been a good player in his youth. Jose taught Ivan the basics of hitting and pitching in the backyard of their home. By the time he joined the local Little League team, he was a powerful hitter, as well as a hard and accurate thrower. Ivan's coach made him a pitcher, and he became the best in the league. "No one could touch my fastball," Ivan boasts.

The men in Ivan's family were not very tall, so he knew he would not grow enough to be a professional pitcher. This was disappointing. Ivan loved being involved in every play. His father suggested that he try catching. Soon Ivan was the best catcher around. The Texas Rangers heard about Ivan when he was 15 and sent a scout to watch him. The scout pointed a radar gun (which normally is used to clock the speed of pitches) at him when he threw down to second and was amazed when it read "90." The team signed him, and he went to his first spring training in 1989, at the age of 17.

Ivan came along at a time when runners were going wild on the bases. Teams were just beginning to teach their pitchers how to pick runners off first base, and how to hold them on. It drove him crazy when he could not throw base-stealers out, and finally he decided to do something about it.

Ivan began whipping the ball to first base after getting it from the pitcher, and he caught a tremendous number of opponents "napping." Base-stealers like to watch a pitcher for a couple of throws, and extend their lead each time. Worried about Ivan's arm, they stayed a little closer to the base and did not lean toward second as much. Or sometimes they would go on the first pitch, whether they had a good jump or not. Either way, Ivan now had the advantage—he had gained that extra fraction of a second he needed to throw them out. The Rangers were thrilled with Ivan's prowess behind the plate. They were also pleased with his hitting.

By the time Ivan was 19, he was ready for the majors. It seemed crazy to promote a catcher this young—it really had never been done before—but Ivan proved right away he could handle it. He became the talk of baseball later that year when Rickey Henderson

DID YOU KNOW?

After Ivan's first major-league game, he was answering questions for reporters in front of his locker. When a female reporter asked a question he turned bright red and ran into the shower. He did not realize that women were allowed in the clubhouse, and he was practically naked. Welcome to the big leagues, kid!

LEFT: *Ivan, still a teenager, poses for his 1991 minor-league card.*
RIGHT: *Sometimes all Ivan has to do is stare into the enemy dugout to stop an opponent's running game.*

IVÁN RODRÍGUEZ — EL INTIMIDANTE

Henderson, el rey de bases robadas de todos los tiempos, se quedó recostado en su espalda y miró al cielo con incredulidad.

Iván era aproximadamente 30% más rápido que cualquiera en la liga en hacer llegar la pelota a segunda base. Su velocidad se explica no sólo por la fuerza de su brazo (todos los receptores en las mayores pueden lanzar) sino por sus impecables movimientos de pies y sus manos veloces. Además siguió vigilando los corredores que trataban de despegar de primera base, así que quienes trataban de robar a menudo tenían poca ventaja inicial. Año tras año, Iván logró atrapar el 50 por ciento o más de los jugadores que intentaron robar bases contra los Rangers.

Iván ganó un Guante de Oro durante su primera temporada completa, en 1992, y para la temporada del 2001 ya tenía ocho más. En ese tiempo, Iván se hizo más que un especialista defensivo. Aunque al principio era famoso por batear malos lanzamientos, a mediados de los años 90 aprendió a esperar pelotas que pudiera conectar, lo que llevó su promedio de bateo a la zona de los .300. También se convirtió en un agresivo corredor de bases.

Iván tomó otro paso adelante en 1999, cuando su bateo corto y poderoso consiguió 35 jonrones. Antes del 99, era conside-

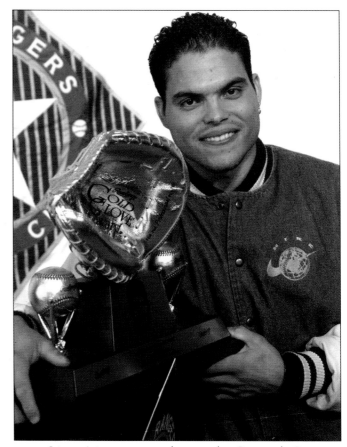

ARRIBA: Iván muestra uno de sus muchos Guantes de Oro.
DERECHA: Incluso las superestrellas deben ensuciarse. Iván bloquea con éxito el plato mientras el receptor colega Brad Ausmus choca contra él.

rado un "out difícil" pero después se convirtió en uno de los pegadores más temidos del béisbol. En esa temporada Iván se convirtió en el primer receptor de la Liga Americana en conseguir más de 30 jonrones anotando y empujando 100 carreras. Además robó 25 bases—apenas nueve menos que las que la liga entera pudo robar contra él. Por esta temporada sensacional, Iván recibió el honor de ser elegido como el Jugador más valioso.

En el 2000 Iván fue aún mejor. Hacia finales de julio tenía 27 jonrones y se acercaba a las 100 carreras empujadas; su promedio de bateo se acercaba a los .350 y ya había conseguido más hits extra-base que en 1999. Algunos decían que Iván podría convertirse en el primer receptor en conseguir 50 jonrones y otros que tenía oportunidad de conseguir el título de bateo. Desgraciadamente, toda la emoción terminó el 24 de julio, cuando una fractura de pulgar cerró su temporada. En el 2001 su temporada también terminó anticipadamente por una lesión.

Aunque aun no tiene 35 años, Iván ha sido receptor en muchos juegos. Hace unos años dejó de jugar en la liga de invierno de Puerto Rico, lo que le ha ayudado a sobrevivir la larga temporada. Aún así, es posible que pronto deje de ser un receptor titular. De hecho, para cuando usted lea esto es posible que Iván esté jugando en otra posición, tal vez segunda o tercera base.

No será muy divertido para Iván después de eso, pero es mejor que ser bateador designado. No puede imaginarse estar sentado en la banca mientras sus compañeros están en el campo. Si uno le pregunta a Iván en qué posición le gustaría jugar cuando sus días de receptor terminen, responderá con una sonrisa socarrona. En el fondo sigue pensando que puede lograr que un bateador salga por strikes.

GANADOR DEL GUANTE DE ORO — 1992-2001

decided to test his arm and Ivan threw him out by a couple of yards. Henderson, the all-time stolen-base king, lay on his back and stared at the sky in disbelief.

Ivan was about 30 percent faster than anyone else in the league at getting the ball down to second base. It was not just his powerful arm (every catcher in the majors can throw) but his flawless footwork and quick hands. Also, he was continuing to catch runners leaning off first base, so those who did try to steal often had poor jumps. Year after year, Ivan was able to nail 50 percent or more of the men who tried to steal against the Rangers.

Ivan won a Gold Glove in 1992, his first full season. By the 2001 season, he had eight more. During that time, Ivan became more than just a defensive specialist. A notorious "bad-ball" hitter, in the mid-1990s he learned how to wait for a pitch he could drive, and this boosted his batting average into the .300 range. He also became an aggressive base runner.

Ivan took another step forward in 1999, when his short, powerful stroke produced 35 home runs. Prior to '99, he was considered a "tough out." Now he was one of the most feared sluggers in baseball. That season Ivan became the first American League catcher to hit more than 30 homers while scoring and driving in 100 runs. He also stole 25 bases—only nine fewer than the entire league stole against *him*. For his sensational season, Ivan was honored with the Most Valuable Player award.

Ivan was even better in 2000. Three weeks into July, he had 27 homers and was closing in on 100 RBIs. His average was around .350, and he had already banged out more extra-base hits than he had in 1999. Some were saying Ivan could be the first catcher to hit 50 home runs. Others thought he had a

chance at the batting title. Sadly, all of the excitement died on July 24, when a broken thumb ended his season. His 2001 season was also cut short by an injury.

Although he is still in his early 30s, Ivan has caught a lot of games. A few years ago he stopped playing winter ball in Puerto Rico, and this has helped him make it through the long season. Still, he may not be an everyday catcher much longer. In fact, by the time you read this Ivan might be playing another position, perhaps second base or third base.

It won't be as much fun for Ivan after that, but it is better than being a designated hitter. He could not imagine sitting on the bench while his teammates are in the field. Ask Ivan what position he would really like to play after his catching days are over, and you'll get a sly grin. In the back of his mind, he still thinks he can strike batters out.

LEFT: *Ivan displays one of his many Gold Glove awards.*
RIGHT: *Even a superstar has to get dirty. Ivan successfully blocks the plate as fellow catcher Brad Ausmus slams into him.*

GOLD GLOVE WINNER — 1992–2001

"Miguel puede ser uno de los grandes".

— ART HOWE, DIRECTIVO

Un día, tal vez dentro de poco, los equipos de las ligas mayores dejarán de esperar que sus shortstops sean genios defensivos y exigirán que además bateen con potencia. Cuando llegue ese día, Miguel Tejada tendrá su trabajo asegurado porque hace parte de una nueva generación de pegadores latinos que además juegan en la posición más exigente del béisbol.

Miguel creció en uno de los barrios de invasión que rodean la ciudad de Bani, en la República Dominicana. La familia Tejada llegó allí después de que el huracán David destruyera su casa en 1979. Cuando tenía seis años, Miguel ya ayudaba económicamente a su familia brillando zapatos y ayudándole a su padre, Daniel, en trabajos de construcción.

Miguel recuerda su infancia como una época de hambre—de comida y de béisbol. Aprendió a jugar con su hermano mayor, Juansito, un gran jugador a pesar de que cojeaba por una fractura que no soldó bien. Miguel también era bueno, aunque su tronco era delgado, tenía piernas gruesas y potentes.

A los 13 años, Miguel ya jugaba en partidos de adultos, donde era un defensa maravilloso y un bateador potente. Sabía que su única oportunidad—y la de su familia—para salir de la pobreza era convertirse en un jugador profesional de béisbol y, para lograrlo, decidió hacer las cosas de manera diferente, para obligar a los cazatalentos a fijarse en él.

ARRIBA: *El impresionante poder de Miguel se ve claramente mientras vuela en el aire en un lanzamiento a primera base.*
DERECHA: *Las tarjetas de ligas menores de Miguel son de las más codiciadas entre los coleccionistas.*

Miguel conoció a un hombre llamado Enrique Soto, quien había jugado en las ligas menores y no había alcanzado las mayores por su falta de fundamentos sólidos. Le dijo a Miguel que la mayoría de dominicanos jóvenes fallaban por esa razón y decidieron que lo más útil para que Miguel triunfara era concentrarse en las "pequeñas cosas" y demostrarle a los entrenadores lo ansioso que estaba de aprender.

Los A's de Oakland firmaron a Miguel en 1993, sin mayores expectativas. Tenía un cuerpo extraño, le faltaba educación y venía de un lugar donde las únicas reglas eran las de la supervivencia. Para sorpresa del equipo, rápidamente superó a los mejores prospectos defensivos del equipo. Tras conseguir 20 jonrones por segundo año consecutivo, Miguel fue llamado a las mayores en agosto de 1997 y a finales de 1998 era el shortstop titular del equipo.

El ansia de triunfo de Miguel lo llevó a las grandes ligas, pero una vez allí comenzó a impedirle avanzar. Los A's estaban encantados con su talento y sus ganas, pero le pedían que fuera paciente. Trataba de hacer jugadas defensivas imposibles en el campo y se salía de su camino para pegarle a lanzamientos que iban bien afuera. Finalmente en 1999 comenzó a mejorar y en el 2000 tuvo una temporada tremenda.

¿SABÍA USTED?

La paciencia ha sido fundamental para mejorar el bateo de Miguel. Consiguió un fabuloso .545 en el 2000 cuando la cuenta estaba 3 y 1, la marca más alta entre los shortstops de la Liga Americana superando incluso al campeón de bateo Nomar Garcíaparra.

Al aprender a dejar de abanicarle a las malas pelotas, Miguel comenzó a recibir mejores lanzamientos. El resultado fue una temporada de 30 jonrones y 115 carreras empujadas. Como defensa siguió haciendo vistosas jugadas acrobáticas y lanzando impresionantemente y, lo que es más importante, dejó de tomar malas decisiones. Su talento fue útil para que los A's alcanzaran los playoffs y lo convirtió en uno de los más emocionantes jugadores jóvenes del béisbol.

Hubo un tiempo, hace no mucho, cuando Miguel Tejada no podía imaginarse en el mismo campo que estrellas como Nomar y A-Rod, pero ahora el nombre de Miguel se menciona en la misma oración.

"Miguel can be one of the great ones."

— MANAGER ART HOWE

One day, perhaps not too long from now, major-league teams will not only expect their short-stops to be defensive wizards, they will demand that these players hit with power, too. When that day comes, Miguel Tejada's job will be safe. He is part of a new generation of Latino slug-gers who also happen to play baseball's most demanding position.

Miguel grew up in the ramshackle slums surrounding the city of Bani in the Dominican Republic. The Tejadas were forced into this area after Hurricane David left them homeless in 1979. By the age of 6, Miguel was helping the family earn money shining shoes and assisting his father, Daniel, on construction jobs.

Miguel remembers his childhood as a time of hunger—for food and for baseball. He learned the game from his older brother, Juansito. Juansito was a great player despite having a limp from a broken leg that had been improperly set. Miguel was good, too. Although his upper body was skinny, he had thick, powerful legs.

By the age of 13, Miguel was already playing in men's games. He was

DID YOU KNOW?

Patience has made all the difference in Miguel's batting. He hit a whopping .545 in 2000 when the count was 3-and-1. That mark was highest among A.L. shortstops, including batting champ Nomar Garciaparra.

a marvelous fielder and a powerful hitter. Miguel knew his only chance—his family's only chance—to break free of poverty was if he could become a professional ballplayer. So he decided to be different, to make the scouts notice him.

Miguel met a man named Enrique Soto, who was a former minor-league player. Soto had failed to reach the majors because he lacked the fundamentals. He told Miguel that most young Dominicans failed for this reason. They decided the best way for Miguel to succeed was to concentrate on the "little things," and to show coaches he was hungry to learn.

The Oakland A's signed Miguel in 1993, but did not expect much. He had a strange body, no education, and came from a place where there were no rules other than the laws of survival. To their surprise, he quickly surpassed the organization's top infield prospects. After belting 20 homers for the second-straight year, Miguel was called up to the majors in August 1997. By the end of 1998, he was the team's everyday shortstop.

Miguel's hunger to succeed got him to the big leagues. Once he arrived, however, it started to hold him back. The A's loved his talent and desire, but pleaded with him to be patient. He tried to make impossible plays in the field, and jumped out of his shoes trying to hit pitches that were way outside. Finally, in 1999, he began to come around. In 2000, he put together a tremendous season.

By learning to lay off pitches he could not hit, Miguel started to see better pitches. The result was a 30-homer, 115-RBI season. In the field, Miguel continued making eye-popping, acrobatic plays and remarkable throws. More important, he stopped making bad decisions. His talent helped the A's reach the playoffs, and made him one of the most exciting young players in baseball.

There was a time not too long ago when Miguel Tejada could not imagine being on the same field as stars like Nomar and A-Rod. Now Miguel's name is being mentioned in the same breath.

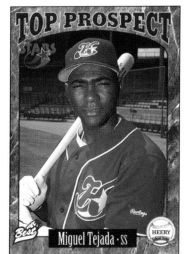

LEFT: *Miguel's awesome power is clearly visible as he sails through the air on a throw to first base.*
RIGHT: *Miguel's minor-league baseball cards are among the hottest in the hobby.*

MIGUEL TEJADA — DARE TO BE DIFFERENT

FERNANDO VIÑA — LA PESTE

"Cuando jugaba contra él, solía pensar que era una peste…simplemente causa caos".

— MARK MCGWIRE, COMPAÑERO DE EQUIPO

A nadie le gusta ser considerado una "peste". A menos, claro, que su nombre sea Fernando Viña. Es un hombre pequeño que hace grandes contribuciones y que en el proceso enfurece a sus contrincantes. "Si así es cómo me ven, está bien", dice el segunda base. "Así tendré que ser".

En cada juego, Fernando encuentra la manera de marcar la diferencia. A veces eso significa recibir una base por golpe que prenda la ofensiva, otras chocarse contra las tribunas para atrapar un foul. Pero más a menudo significa quedarse en su lugar mientras un corredor de 225 libras (102 kilos) se desliza con fuerza para romper un doble play. Fernando sabe que para triunfar se requiere dureza y dedicación, sin importar el tamaño. "Cuando estaba creciendo aprendí que nada se regala", dice.

Los padres de Fernando, Andrés y Olga, llegaron de Cuba a los Estados Unidos en los años 60, vivían en California cuando Fernando nació en 1969. Ambos padres trabajaban largas horas en trabajos mal remunerados con la esperanza de conseguir una vida mejor para su muchacho. Aunque era pequeño para su edad, Fernando sobresalió en los deportes y los Viña esperaban que pudiera ganar una beca para ir a la universidad.

En 1988, Fernando fue elegido por los Mets de Nueva York en la ronda 51 del reclutamiento profesional, pero él prefirió aceptar una beca de la universidad estatal de Arizona. Llegó al equipo en 1989 y un año después encabezó la conferencia PAC 10 en bateo. Los Mets lo eligieron de nuevo esa primavera (esta vez en la novena ronda) y Fernando firmó por un buen bono.

El estilo agresivo de Fernando le permitió llegar a las mayores en 1993, pero nadie pensó que tuviera las habilidades para ser un jugador titular. En 1995, fue intercambiado como un jugador adicional a los Brewers de Milwaukee, quienes ya tenían más que suficientes jugadores de cuadro. La resistencia de Fernando hacía que el manager Phil Garner se recordara a sí mismo, y mientras avanzaba la temporada hizo que Fernando jugara más y más. En 1996 era el segunda base titular.

Garner mismo había sido un segunda base agresivo en dos campeonatos mundiales durante los años 70 y le enseñó a Fernando todo lo que sabía. Pronto, era conocido como uno de los mejores jugadores pequeños de la liga aunque a veces su valentía resultaba costosa. Una vez trató de ponchar con el guante al grandulón Albert Belle, quien corría entre primera y segunda, y Belle lo atropelló como si fuera un camión. En 1997 y nuevamente en 1999, Fernando pasó lesionado largos periodos.

ARRIBA: *Incluso las tarjetas de béisbol muestran a Fernando como la peste que es. En esta, trata de enfurecer al lanzador tomándose mucha ventaja en la segunda base.*
DERECHA: *Es más fácil entender lo valiente que es Fernando cuando se lo compara con otros jugadores que se deslizan a segunda.*

¿SABÍA USTED?

Fernando nunca se rinde. En el 2000 bateó .324 cuando los lanzadores lo tenían con cero bolas y dos strikes— una de las cinco mejores marcas de 0-2 en la liga.

Cuando los Cardinals de St. Louis necesitaron un nuevo segunda base en el 2000, su primera llamada fue para los Brewers. Fernando era justamente lo que buscaban—era un excelente primer bate, una influencia positiva entre sus compañeros y uno de los mejores defensas de la liga. El trueque que lo llevó a St. Louis hizo que los Cardinals se convirtieran en un equipo con posibilidades. Fernando encabezó la Liga Nacional en defensa y bases por golpe, y dio la chispa que le había hecho falta a St. Louis en años anteriores. El equipo llegó a los playoffs por primera vez desde 1996 y gran parte del crédito fue para su "pequeña peste".

No es de extrañar que Fernando se haya convertido en uno de los tipos más grandes de la ciudad.

"When I played against him, I used to think he was a pest…he just causes havoc."
— *TEAMMATE MARK MCGWIRE*

No one wants to be known as a "pest." Unless, of course, your name is Fernando Vina. He is a little man who contributes in a big way, infuriating opponents in the process. "If that's the way people view me, fine," the second baseman says. "I have to be that way."

Every game, Fernando finds a way to make a difference. Sometimes this means getting hit by a pitch to jump-start the offense. Sometimes it means crashing into the stands to snare a foul ball. Often, it means standing his ground while a 225-pound (102-kilogram) runner slides in hard to break up a double play. Fernando knows that winning takes toughness and dedication, no matter what size you are. "I learned growing up that nothing is ever given to you," he says.

DID YOU KNOW?

Fernando never gives up. In 2000, he batted .324 when pitchers had him down no balls and two strikes—one of the five best 0-2 marks in the league.

Fernando's parents, Andres and Olga, came to the United States from Cuba in the 1960s. They lived in California, where Fernando was born in 1969. Both parents worked long hours at low-paying jobs, hoping to make a better life for their boy. Although small for his age, Fernando excelled in sports. The Vinas hoped he might earn a college scholarship.

In 1988, Fernando was selected by the New York Mets in the 51st round of the pro draft. He chose not to sign, and instead accepted a scholarship from Arizona State University. He made the team in 1989 and led the PAC 10 conference in batting in 1990. The Mets drafted him again that spring (this time in the 9th round), and Fernando signed for a nice bonus.

Fernando's scrappy style got him to the majors in 1993, but no one believed he had the skills to be an everyday player. In 1995, he was a throw-in on a trade with the Milwaukee Brewers, who already had a crowded infield. Fernando's toughness reminded manager Phil Garner of himself, and as the season went along he played Fernando more and more. In 1996, Fernando won the starting job.

Garner was a scrappy second baseman for two world champions in the 1970s, and he taught Fernando everything he knew. He soon became known as one of the best little players in the league. But sometimes his bravery got the best of him. Once he tried to tag massive Albert Belle, who was running between first and second base. Belle ran him over like a truck. In 1997 and again in 1999, Fernando spent long stretches on the disabled list.

When the St. Louis Cardinals needed a new second baseman in 2000, their first call went to the Brewers. Fernando was a perfect fit—he was an excellent leadoff hitter, a positive influence in the clubhouse, and one of the league's top defenders. The trade that brought him to St. Louis transformed the Cardinals into a contender. Fernando led the N.L. in fielding and being hit by pitches, and he provided a spark that had been missing from St. Louis in years past. The team made the playoffs for the first time since 1996, and much of the credit went to their "little pest."

No wonder Fernando has become one of the biggest men in town.

LEFT: *Even Fernando's trading cards show what a pest he is. Here he tries to upset the pitcher with a big lead off second base.*
RIGHT: *It is easier to understand how courageous Fernando is when you see him compared to the other players who come sliding into second.*

GOLD GLOVE WINNER — 2001

"Le importa ganar. Le importa hacer las cosas bien. Es muy inteligente. Quiere ser el mejor".

— *BUDDY BELL, GANADOR EN SEIS OCASIONES DEL GUANTE DE ORO.*

Aunque la República Dominicana es considerada como la "fábrica de shortstops" del béisbol, Venezuela, el país suramericano, es el que ha aportado durante 50 años más jardineros cortos acrobáticos a las mayores. Desde Chico Carrasquel a Luis Aparicio a Dave Concepción y a Ozzie Guillén, el país ha producido una cadena continua de estrellas que comenzó en 1951. El más reciente eslabón de esta sorprendente cadena es Omar Vizquel—un hombre que respetó y aprendió de todos los grandes defensores que lo antecedieron.

Omar heredó sus habilidades para el béisbol de su padre, Omar, padre, un electricista que jugaba como shortstop en equipos semiprofesionales los fines de semana. Omar aprendió su oficio en los campos rocosos de los alrededores de Caracas, donde los verdaderos rebotes se daban muy de vez en cuando, lo que le permitió desarrollar manos suaves. Los movimientos de pies rápidos y coordinados que aprendió jugando fútbol también le ayudaron a ser un buen defensa en el diamante. Para cuando entró a la secundaria Francisco Espejo, ya era conocido por todos los cazatalentos de las ligas mayores del país.

Los Mariners de Seattle firmaron a Omar cuando tenía 16 años en la primavera de 1984 y dondequiera que jugara, dentro del sistema de ligas menores del equipo, recibía alabanzas por su brillante desempeño con el guante. Pero su bateo no estaba a esa misma altura y los lanzadores diestros, en particular, le causaban problemas. En 1987, tras dos años miserables al bate, Omar decidió tratar de batear desde ambos lados de la almohadilla. El experimento fue exitoso y Omar llegó a las mayores en 1989.

Como era de esperarse, su promedio al bate fue bajo (algunos aficionados crueles lo apodaron "Omar el hace-outs" (*Omar the Out Maker*), pero eso no les importó a los Mariners porque como defensa salvaba carreras todos los días. En 1992, cambió a un bate más ligero y comenzó a atacar la pelota con buenos resultados: un promedio de .294 y el respeto renovado como bateador.

En 1993, Omar ganó su primer Guante de Oro y siguió ganando uno cada año hasta la temporada del 2001. Omar hacía tanto las jugadas de rutina como las espectaculares, podía coger una bola rastrera sin el guante, zambullirse por pelotas en el medio y convertir en outs los hits entre segunda y tercera.

Antes de la temporada de 1994, Omar fue cambiado a los Indians de Cleveland, lo que fue una gran oportunidad—los Indians estaban armando un excelente club de jugadores jóvenes de gran bateo. Omar fue perfecto para ellos. En 1995 y 1997, los Indians ganaron el título de la Liga Americana.

Aunque ya tiene más de 30 años, Omar todavía hace espectaculares jugadas defensivas. Desde que dejó de ser el "hace-outs" se ha convertido en un peligroso bateador de rectas y un ladrón de bases que se encuentra a la perfección en el segundo lugar del orden de bateo. Y, lo que es más importante, Omar ha aportado su eslabón a la cadena—puede estar con orgullo al lado de los más grandes jugadores en la historia de Venezuela.

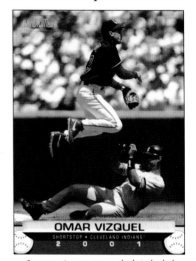

ARRIBA: *Las tarjetas de béisbol de Omar son como un libro de texto acerca de cómo jugar shortstop.*
DERECHA: *El trueque que llevó a Omar a los Indians ayudó a que Cleveland ganara el título de división en 1997.*

¿SABÍA USTED?

Las posesiones más preciadas de Omar son dos fotos tomadas con más de 10 años de diferencia entre sí. La primera lo muestra como un muchacho al lado de Dave Concepción. En la segunda también está con Concepción, sólo que Omar viste el uniforme de las ligas mayores.

GANADOR DEL GUANTE DE ORO — 1993–2001

"He cares about winning. He cares about doing things right. He's very intelligent. He wants to be the best."

— SIX-TIME GOLD GLOVE WINNER BUDDY BELL

Although the Dominican Republic is considered to be baseball's "shortstop factory," it is the South American country of Venezuela that has supplied the major leagues with acrobatic middle infielders for 50 years. From Chico Carrasquel to Luis Aparicio to Dave Concepcion to Ozzie Guillen, the country can claim an unbroken string of All-Stars dating from 1951. The latest link in this amazing chain is Omar Vizquel—a man who learned from, and respected, each of the great fielders who came before him.

Omar inherited his baseball skills from his father, Omar Sr., an electrician who played shortstop for semipro teams on the weekends. Omar learned his craft on the rocky fields around Caracas, where true bounces were few and far between. This helped him develop soft hands. The quick, coordinated footwork Omar learned playing soccer also helped him become a good fielder. By the time he entered Francisco Espejo High School, he was already known to every big-league scout in the country.

DID YOU KNOW?

Omar's most treasured possessions are a pair of photos taken more than 10 years apart. The first shows him as a boy with Dave Concepcion. The second is the exact same pose with Concepcion, only Omar is wearing a major-league uniform.

The Seattle Mariners signed 16-year-old Omar in the spring of 1984. Wherever he played in Seattle's minor-league system, he was hailed for his brilliant glove work. But his hitting lagged far behind. Right-handed pitchers in particular gave him a lot of trouble. In 1987, after two miserable years at the plate, Omar decided to try switch-hitting. The experiment was a success, and Omar reached the majors in 1989.

As expected, Omar's average was low (some cruel fans nicknamed him "Omar the Out Maker"), but the Mariners did not mind because he made run-saving plays day after day. In 1992, he switched to a lighter bat and started attacking the ball. The result was a .294 average and new respect as a hitter.

In 1993, Omar won his first Gold Glove. He won it again each year through the 2001 season. Omar made the routine plays as well as the spectacular ones. He could come in and bare-hand a slow roller, dive for balls up the middle, and turn hits between second and third into outs.

Prior to the 1994 season, Omar was traded to the Cleveland Indians. This was a big break—the Indians were building a terrific young club with great hitting. Omar was a perfect fit. In 1995 and 1997, the Indians won the American League pennant.

Although he is now in his 30s, Omar still makes the eye-popping fielding plays. No longer the "Out-Maker," he has become a dangerous fastball hitter and base-stealer who is perfectly suited for the number-two spot in the batting order. Most important, Omar has added another great link to the chain—he can stand proudly beside Venezuela's all-time greats.

LEFT: Omar's baseball cards are like textbooks on how to play shortstop.
RIGHT: The trade that brought Omar to the Indians helped Cleveland win the 1997 pennant.

GOLD GLOVE WINNER — 1993–2001

"No me importa ser un héroe. Sólo quiero ganar".

— BERNIE WILLIAMS

Para la mayoría de equipos un jardinero central sólo debe hacer una cosa bien: atrapar todo lo que llegue entre centro-derecha y centro-izquierda. Sin embargo para los Yankees de Nueva York un jardinero central debe ser capaz de mucho, mucho más. El equipo tiene una larga tradición de All-Stars y miembros del Salón de la Fama que se remonta a los años 20 y que incluye a Earle Combs, Joe DiMaggio, Mickey Mantle, Bobby Murcer, Bobby Bonds, Mickey Rivers y Rickey Henderson. En los años 90 los Yankees no habían encontrado un nombre de ese calibre para la posición hasta la llegada de Bernabé "Bernie" Williams.

En otro tiempo o lugar, Bernie habría sido músico; tenía el talento y la ambición, pero como pasa a menudo con muchachos en Puerto Rico, la primera vez que tomó un bate sintió que béisbol lo tomaba a él mismo. Aunque era el muchacho más rápido del vecindario, no entendía las reglas del juego. Así que su padre, también llamado Bernie, le enseñó lo básico al volver de la escuela y en poco tiempo sabía tanto como el resto de niños.

Cuando Bernie no podía encontrar un partido, él y su hermano menor, Hiram, jugaban con un palo de escoba, uno contra uno. Los dos llegarían a convertirse en estrellas puertorriqueñas. Cuando Bernie pretendía ser José Cruz o Willie Montañez (ambos zurdos) saltaba al otro lado del plato para copiar la forma en que abanicaban y con el tiempo llegó a hacerlo muy bien.

STRAWBERRY & MELIAN: NOW AND LATER -- JOHN WETTELAND POSTER

YANKEES MAGAZINE

AUGUST 20, 1996 — VOL. 17, ISSUE 6 — $3.00

CENTER Stage

OFFICIAL PUBLICATION

Bernie Williams gets down and dirty in leading the Yankees to a run at the playoffs.

ARRIBA: *Como el nuevo jardinero central de Nueva York, Bernie recibió muchas presiones para desempeñarse bien—¡incluso de la misma revista del equipo!*
DERECHA: *Como Bernie es capaz de pegar buenos saltos para atrapar batazos, puede hacer atrapadas deslizándose en vez de zambulléndose.*

Bernie era alto y delgado, y en los partidos conectaba pelotas rastreras y corría a primera base antes de que llegara el lanzamiento. Luego robaba segunda, tercera y a veces home. En el jardín atrapaba todo y aunque su brazo no era muy fuerte, aprendió a cargar la pelota, usando todo su cuerpo para respaldar sus lanzamientos.

¿SABÍA USTED?

Como bateador ambidiestro, Bernie acaba con los lanzamientos bajos cuando batea como zurdo y tritura pelotas altas cuando lo hace desde la derecha. ¿Por qué la diferencia? ¡No tiene ni idea!

Bernie fue becado a una escuela de música a los 13 años y jugaba en partidos de vecindario tras salir de clases. Un día un cazatalentos de los Yankees lo vio y como era demasiado joven para firmar un contrato, lo "escondió" de otros equipos al pagarle para que fuera a un campo de béisbol remoto en Connecticut. Apenas Bernie cumplió 17 años, los Yankees firmaron con él.

Bernie sabía que necesitaba batear bien para llegar al Yankee Stadium. En las menores acababa con lanzadores zurdos pero en ocasiones tenía problemas contra derechos. Un día le mencionó a su instructor Buck Showalter que cuando jugaba con su hermano en ocasiones pegaba como zurdo. Showalter le

"I don't care if I'm a hero. I just want to win."

— BERNIE WILLIAMS

For most teams, a center fielder has to do one thing well: Catch everything hit between right-center and left-center. For the New York Yankees, however, a center fielder must be able to do much, much more. The team has a long tradition of All-Stars and Hall of Famers at that position stretching back to the 1920s. It includes Earle Combs, Joe DiMaggio, Mickey Mantle, Bobby Murcer, Bobby Bonds, Mickey Rivers, and Rickey Henderson. In the 1990s, the Yankees were without a big name at this position. Until Bernabe "Bernie" Williams came along.*

DID YOU KNOW?

A switch-hitter, Bernie kills low pitches when batting left-handed, and crushes high balls when he steps in from the right side. Why the difference? He has no idea!

In a different time and place, Bernie would have been a musician. He had the talent and the ambition. But as so often happens with kids in Puerto Rico, the first time he gripped a baseball, baseball got a grip on him. Bernie was the fastest boy in his neighborhood, but he did not understand the rules of the game. His father, Bernie Sr., taught him the basics after school and in no time he caught up to the rest of the children.

When Bernie could not find a game, he and his younger brother, Hiram, would play stickball one-on-one. Each would pretend to be a great Puerto Rican star. When Bernie pretended to be Jose Cruz or Willie Montanez (both lefties) he would hop across the plate and copy their swings. He got pretty good at it, too.

Bernie was tall and skinny. In games, he would beat the ball into the dirt and outrun the throw to first base. Then he would steal second, third, and sometimes home. In the outfield, he caught everything. His arm was not very strong, so he learned to charge the ball and get his body behind each throw.

Bernie earned a scholarship to music school at the age of 13. After school, he would play in neighborhood games. One day, a scout from the Yankees spotted Bernie. He was too young to sign to a contract, so the Yankees "hid" him from other teams by paying for him to attend an out-of-the-way baseball camp in Connecticut. The day Bernie turned 17, the Yankees signed him.

Bernie knew he would have to hit well in order to get to Yankee Stadium. In the minors, he killed left-handed pitching, but often struggled against right-handers. One day he mentioned to instructor Buck Showalter that he used to hit left-handed in stickball games against his little brother. Showalter asked him to take a few cuts and liked what he saw. From that moment on Bernie was a switch-hitter.

LEFT: As New York's new center fielder, Bernie was under pressure to perform—even from the team's own magazine!
RIGHT: Because Bernie gets a good jump on batted balls, he can make sliding catches instead of diving ones.

BERNIE WILLIAMS — *LEYENDA EN PROCESO*

pidió que lo intentara, le gustó el resultado y desde entonces Bernie se convirtió en un bateador ambidiestro.

Bernie se estableció como el jardinero central titular de los Yankees en 1992. El equipo estaba contento con su progreso pero le dejó en claro que debía fortalecer su cuerpo, querían que Bernie fuera más que un bateador de sencillos y que dejara de perder tiempo en la temporada con lesiones pequeñas. Para 1993, era lo suficientemente fuerte para pasar de ser el primer bate a encontrar un lugar en la mitad del orden al bate. Para 1996, ya se había convertido en un bateador de potencia, consiguiendo 29 jonrones y 102 carreras.

ARRIBA: *Un campeón de bateo y ganador del Guante de Oro, por fin Bernie puede relajarse y disfrutar estar en la cima.*
DERECHA: *Bernie pega un gran salto para rescatar un jonrón de las gradas. Este tipo de jugadas son las que más enorgullecen a Bernie.*

No es coincidencia que en 1996 comenzara la "dinastía" Yankee. Nueva York ganó la Serie Mundial en 1996, 1998, 1999 y en el 2000, y Bernie fue candidato al jugador más valioso todos esos años. En 1998, ganó la corona de bateo de la Liga Americana con un promedio de .339 y en el 2000, consiguió 73 hits extra-base y empujó 121 carreras.

Aunque Bernie se está convirtiendo rápidamente en uno de los mejores bateadores ambidiestros de la historia, sigue estando sobre todo orgulloso de su defensa. De hecho, su estadística favorita fue la que consiguió en el año 2000, ¡cuando completó la temporada sin hacer un solo error! No resulta sorprendente que la posesión más preciada de Bernie sean los Guantes de Oro que se han estado apilando en su mostrador de trofeos desde 1997.

Sus largas zancadas le permiten interrumpir hits a los callejones, su habilidad de saltar le permite hacer que aparentes jonrones vuelvan al estadio y aunque nunca ha tenido un buen brazo, se deshace de la bola rápidamente y con buena puntería. También sabe cómo jugar con cada bateador, lo que le permite estar medio paso adelante de jardineros menos experimentados.

Cuando Bernie llegó a Nueva York, los seguidores trataron de no esperar demasiado. Temían que la presión de vivir con los fantasmas del jardín central arruinara al chico delgado de Puerto Rico. Obviamente no había de qué preocuparse.

Por supuesto, algún día deberán preocuparse del próximo hombre que ocupe esa posición, porque Bernie ha levantado el nivel aún más allá. Vivir bajo la herencia de Mantle y DiMaggio es ya duro, ¡pero además seguir a un Guante Dorado y campeón de bateo hace que uno se pregunte por qué razón alguien aceptaría semejante trabajo!

Bernie established himself as the Yankees' everyday center fielder in 1992. The team was happy with his progress, but made it clear that he had to build up his body. The Yankees wanted Bernie to become more than a singles hitter, and he had to stop missing time with minor injuries. By 1993, he was strong enough to move from the leadoff spot to the middle of the order. By 1996, he was a bona fide power hitter, slugging 29 homers and driving in 102 runs.

It is no coincidence that 1996 is the same year that the Yankee "dynasty" began. New York won the World Series in 1996, 1998, 1999, and 2000, and Bernie was an MVP candidate each of those years. In 1998, he won the American League batting crown with a .339 average. In 2000, he collected 73 extra-base hits and had 121 RBIs.

Although Bernie is fast becoming one of history's greatest switch-hitters, he still takes the most pride in his defense. In fact, his favorite stat is the one he put up in 2000. He played the entire season without making a single error! Not surprisingly, Bernie's proudest possessions are the Gold Gloves that have been piling up in his trophy case since 1997.

Bernie's long strides enable him to cut off hits to the alleys, his jumping ability allows him to pull home runs back into the ballpark, and although he has never had a good arm he gets rid of the ball quickly and throws with good accuracy. He also knows how to play each hitter, which gives him an extra half-step that less-experienced outfielders do not have.

When Bernie first came to New York, fans tried not to expect too much. They feared the pressure of living up to the ghosts of center field might ruin the skinny kid from Puerto Rico. Obviously, there was nothing to worry about.

Of course, one day they will have to start worrying about the next fellow manning this famous position, because Bernie has raised the bar even higher. Living up to the legacy of Mantle and DiMaggio is tough enough. Following a Gold Glover and batting champ on top of that makes you wonder why anyone would take the job at all!

LEFT: A batting champion and Gold Glove winner, Bernie can finally relax and enjoy his time at the top.
RIGHT: Bernie leaps high to pluck a home run out of the stands. Plays like these are what make Bernie proudest.

A.L. FIELDING CHAMPION — 2000

LOS QUE VIENEN

Estas jóvenes promesas defensivas están consideradas como los mejores y más completos prospectos del juego. Algunos llegarán a ser estrellas, otros no. Sin embargo será interesante ver qué sucede con ellos en los próximos años.

WILSON BETEMIT SS

Cuando un adolescente batea con tanta potencia desde ambos lados del plato y juega de forma espectacular como shortstop, resulta difícil no apurarlo. Los Braves, que firmaron al dominicano Wilson Betemit en 1996, se están tomando su tiempo. Cada temporada esperan y él se pone mejor, más rápido y fuerte. Cuando llegue a las mayores, su prodigioso alcance y la fuerza de su brazo lo convertirán en un shortstop o tercera base natural. No importa donde juegue, parece que va a convertirse en una estrella tremenda.

RAMÓN CASTRO C

En 1998 los Astros de Houston convirtieron a Ramón Castro en el primer puertorriqueño en ser elegido en la primera ronda del sorteo de talentos. Desesperados por reforzar su banca, lo cambiaron a los Marlins de Florida por lanzadores unos meses más tarde. Ramón tiene las capacidades defensivas para convertirse en un All-Star, incluyendo uno de los brazos más potentes del juego. Cuando mejore su disciplina y su capacidad para pedir lanzamientos a los pitchers, conseguirá un trabajo titular en las mayores.

RAMON CASTRO

ÁLEX CINTRÓN SS

Shortstops altos y delgados por lo general fracasan en las menores, pero este puertorriqueño ha demostrado un alcance y una velocidad sorpresivos tras haber sido reclutado a finales de 1997 por los Diamondbacks de Arizona. Ya posee habilidades defensivas de liga mayor y su bate no se queda corto. Como bateador ambidiestro, Cintrón conecta batazos de línea con potencia y hace excelentes toques.

PEDRO FELIZ 3B

Todo el mundo descubrió "de repente" a Pedro Feliz después de que bateó con un promedio de .327 y empujó 102 carreras para el equipo triple A de los Giants de San Francisco en el 2000. Pero los conocedores ya sabían que este joven y ágil dominicano era uno de los mejores tercera base en defensa de todo el juego. Aunque Pedro se ganó el puesto titular con los Giants en el 2001, sigue aprendiendo como batear contra los lanzadores de las ligas mayores. Sin embargo, su actuación como defensa no necesita mejoras.

FELIPE LÓPEZ SS

Los Blue Jays hicieron varios trueques inteligentes durante la temporada del 2000, pero el más inteligente de todos pudo haber sido el que se negaron a hacer. Cada vez que sonaba el teléfono, el jugador que pedía el otro equipo era Felipe López, el primer seleccionado por Toronto en el sorteo de talentos de 1998. Los cazatalentos están seguros que este puertorriqueño con brazo de rifle será una estrella defensiva en las mayores y su bateo estará lo suficientemente bien como para mantenerlo en la alineación titular.

ABRAHAM NUÑEZ OF

Pocos de quienes han podido ver a Abraham Nuñez en las ligas menores pueden olvidarlo. Todo lo que hace es emocionante, ya sea sacar a un corredor con un láser de 350 pies (107 metros) o hacer sonar su bate en un strike abanicando. Nació en la República Dominicana y firmó con los Diamondbacks de Arizona, pero pasó en 1999 a los Marlins por el lanzador suplente Matt Mantei. Es una superestrella en potencia.

ANTONIO PÉREZ SS

Dentro de algunos años el trueque que cambió a Ken Griffey, Jr. de los Mariners a los Reds también se llamará el "trato de Antonio Pérez". Tras haber salido de la República Dominicana en 1998 para firmar con Cincinnati, Antonio jugó dos temporadas en un equipo clase A y se convirtió en uno de los prospectos más interesantes del béisbol. Los Reds estaban encantados con sus manos suaves, sus pies rápidos y la fortaleza de su brazo. Los Mariners descubrieron además que tenía poder al bate.

LUIS RIVAS

LUIS RIVAS 2B

Firmado a los 16 años por los Twins de Minnesota, Luis Rivas llegó a los Estados Unidos e inmediatamente comenzó a jugar como un adulto. El venezolano fue elegido como el mejor prospecto de la Liga de la Costa del Golfo en su primera temporada como profesional y atravesó las menores, llegando a las grandes ligas en el 2000. Luis jugó como shortstop hasta ese año, cuando la organización le pidió que se cambiara a segunda base. Aprendió rápidamente su nueva posición y se ganó el puesto titular de los Twins durante el entrenamiento de primavera del 2001.

These young defensive standouts are rated as the game's best all-around prospects. Some will become stars, some will not. All, however, should be worth watching in the years to come.

WILSON BETEMIT SS

When a teenager hits with power from both sides of the plate and plays spectacular defense at shortstop, it is hard not to rush him along. The Braves, who signed Wilson Betemit out of the Dominican Republic in 1996, are taking their time. Each season they wait, he gets bigger, faster, stronger, and better. When Wilson reaches the majors, his amazing range and powerful arm will make him a natural shortstop or third baseman. Wherever he plays, however, it looks like he will be a tremendous all-around star.

RAMON CASTRO C

In 1998 the Houston Astros made Ramon Castro the first Puerto Rican ever drafted in the first round. Desperate for relief help, they traded him to the Florida Marlins for pitching a few months later. Ramon has all the defensive tools to be an All-Star, including one of the game's most powerful arms. When his pitch-calling and discipline at the plate improve, he should nail down a starting job in the majors.

ALEX CINTRON SS

Tall, skinny shortstops usually fail in the minors, but this Puerto Rican displayed surprising range and quickness after being drafted late in 1997 by the Arizona Diamondbacks. He already possesses major-league defensive skills, and his bat is not far behind. A switch-hitter, Cintron has line-drive power and is an excellent bunter.

PEDRO FELIZ 3B

Everyone suddenly "discovered" Pedro Feliz after he batted .327 with 102 RBIs for the San Francisco Giants' Class-AAA team in 2000. But insiders already knew this agile young Dominican as one of the best-fielding third basemen in all of baseball. Although Pedro won the starting job for the Giants in 2001, he is still learning how to hit major-league pitching. His defense, however, needs little improvement.

PEDRO FELIZ

FELIPE LOPEZ SS

The Blue Jays made some smart trades during the 2000 season, but the smartest may be the one they did not make. Every time the phone rang, the player other teams asked for was Felipe Lopez, Toronto's top draft choice back in 1998. Scouts are convinced this rifle-armed Puerto Rican will be a defensive star in the majors, and his hitting should be good enough to keep him in the lineup every day.

FELIPE LOPEZ

ABRAHAM NUNEZ OF

Few who have seen Abraham Nunez play in a minor-league game can forget him. Everything he does is exciting, whether he throws a runner out with a 350-foot (107-meter) laser or whooshes his bat through the air on a swinging strike. Signed by the Arizona Diamondbacks out of the Dominican Republic, Abraham went to the Marlins in the 1999 trade for reliever Matt Mantei. He is a potential superstar.

ANTONIO PEREZ SS

Years from now, the trade that sent Ken Griffey Jr. from the Mariners to the Reds may also be called the "Antonio Perez Deal." After being signed by Cincinnati out of the Dominican Republic in 1998, Antonio played two seasons at the Class-A level and became one of the hottest prospects in baseball. The Reds loved his soft hands, quick feet, and strong arm. The Mariners discovered that Antonio also had serious power.

LUIS RIVAS 2B

Signed as a 16-year-old boy by the Minnesota Twins, Luis Rivas came to the U.S. and immediately played like a grown man. The Venezuelan was named the top prospect in the Gulf Coast League in his first pro season and shot through the minors, reaching the majors at the end of the 2000 season. Luis was a shortstop until that year, when the organization asked him to move to second base. He learned the position quickly and won the starting job for the Twins out of spring training in 2001.

PHOTO CREDITS

All photos courtesy AP/ Wide World Photos, Inc., except the following images, which are from the collection of Team Stewart:

The Sporting News © 1915 — Page 4
Estate of George "Highpockets" Kelly © 1939 — Page 5
P-10 Stadium Pin — Page 6 top
P-10 Stadium Pin — Page 6 bottom
Gum, Inc. © 1940 — Page 7
Dan Dee Potato Chips, Inc. © 1954 — Page 8 top
Red Man Tobacco, Inc. © 1955 — Page 9
Rodeo Meats, Inc. © 1955 — Page 10 top
The Topps Company, Inc. © 1972 — Page 10 bottom
Century Publishing Company, Inc. © 2000 — Page 13
Beckett Publications, Inc. © 1996 — Page 14
The Upper Deck Company, LLC © 2000 — Page 20
The Upper Deck Company, LLC © 1997 — Page 25
The Topps Company, Inc. © 1999 — Page 27
Baseball America, Inc. © 1996 — Page 28
The Sporting News, Inc. © 2001 — Page 31
Classic Games, Inc: © 1991 — Page 34
The Topps Company, Inc. © 2001 — Page 37
Sports Illustrated for Kids/TIME Inc. © 1996 — Page 38
Classic Games, Inc. © 1994 — Page 45
Impel, Inc. © 1991 — Page 46
Best Cards, Inc. © 1997 — Page 51
The Topps Company, Inc. © 2001 — Page 52
The Topps Company, Inc. © 2001 — Page 54
Yankees Magazine/The New York Yankees © 1996 — Page 56

CRÉDITOS FOTOGRÁFICOS

Todas las Fotografías cortesía de AP/ Wide World Photos, Inc., con excepción de las siguientes, de la colección de Team Stewart:

The Sporting News © 1915 — Página 4
Estate of George "Highpockets" Kelly © 1939 — Página 5
No copyright needed — Página 6 arriba
No copyright needed — Página 6 abajo
Gum, Inc. © 1940 — Página 7
Dan Dee Potato Chips, Inc. © 1954 — Página 8 arriba
Red Man Tobacco, Inc. © 1955 — Página 9
Rodeo Meats, Inc. © 1955 — Página 10 arriba
The Topps Company, Inc. © 1972 — Página 10 abajo
Century Publishing Company, Inc. © 2000 — Página 13
Beckett Publications, Inc. © 1996 — Página 14
The Upper Deck Company, LLC © 2000 — Página 20
The Upper Deck Company, LLC © 1997 — Página 25
The Topps Company, Inc. © 1999 — Página 27
Baseball America, Inc. © 1996 — Página 28
The Sporting News, Inc. © 2001 — Página 31
Classic Games, Inc. © 1991 — Página 34
The Topps Company, Inc. © 2001 — Página 37
Sports Illustrated for Kids/TIME Inc. © 1996 — Página 38
Classic Games, Inc. © 1994 — Página 45
Impel, Inc. © 1991 — Página 46
Best Cards, Inc. © 1997 — Page 51
The Topps Company, Inc. © 2001 — Página 52
The Topps Company, Inc. © 2001 — Página 54
Yankees Magazine/The New York Yankees © 1996 — Página 56